百田百言

百田尚樹
HYAKUTA NAOKI

百田尚樹の「人生に効く」100の言葉

幻冬舎

百田百言

百田尚樹の「人生に効く」100の言葉

目次

はじめに

この本は巷にある「名言集」とはかなり味わいが違います。

というのは、ここで名言（迷言）を語っているのは、古今の英雄でも偉人でも哲学者でもありません。すべて、私（百田尚樹）の小説の登場人物の言葉です。

『永遠の0《ゼロ》』の宮部久蔵、『海賊とよばれた男』の国岡鐵造《てつぞう》、『モンスター』のヒロイン田淵和子（鈴原未帆）、『影法師』の戸田勘一たちの言葉です。『風の中のマリア』のヒロインであるオオスズメバチのワーカー（働き蜂）マリアの言葉もあります。『モンスター』では、醜い女だった和子と、整形手術で絶世の美女になった未帆では、セリフが百八十度違います。

この本には、これまでに私が書いた十四の小説（うち短編集が二冊）の中の登場人物たちのセリフやモノローグが出てきます。自分で言うのは何ですが、これがなかなかの名言なのです。

「自画自賛もはなはだしい！」

「自分の作品なのに、他人事みたいに言うな！」

と呆れられていると思います。

でも、一つ言い訳をさせてください。小説というのは不思議なもので、書いているうちに、しばしば登場人物たちが作者の手を離れて、勝手に動き出すことがあるのです。そして作者でさえも思いつかなかったセリフを語り出したりします。ですから、本を出した後にかなり経ってから読み直してみると、自分でも意外な「名ゼリフ？」を発見して驚くこともあるのです。

また、読者から、「このセリフがよかった！」「この言葉に痺れた！」という感想を寄せられることもよくありますが、それが自分では意外なセリフだったりすることも少なくないのです。そういう意味でも、小説の登場人物たちは作者の手を離れて動いているのだなと思います。

私は十年前に小説家になったとき、決めたことがあります。それは「同じジャンルの作品、同じテーマの作品は書かない」ということです。当然、同じタイプやキャラクターの主人公も書きません。毎回、全然違う登場人物たちを造り出し、作品の中で自由に泳がせています。今回選んだ百の名言（迷言？）には、私の様々な小説の登場人物ならではの、人生哲学がちりばめられています。

もしかしたら、あなたの人生で役立つセリフが見つかるかもしれません。そうであれば、これほど嬉しいことはありません。登場人物たちに代わって御礼を申し上げます。

カバーデザイン　水戸部 功
DTP　美創

運命・人生

HYAKUTA HYAKUGEN

001

人生で何を選択するかは
その人の性格次第だ。
結局、それが運命だ。

『フォルトゥナの瞳』（新潮文庫）一〇四頁より

『フォルトゥナの瞳』は、未来を見ることのできる男を描いた小説である。右の言葉は主人公の木山慎一郎が人の運命について考察するモノローグである。

人は人生で何度か大きなターニングポイントを迎える。進学、就職、結婚――それ以外にも、様々な決断のときがある。右に行くか左に行くか、進むか止まるか、言うか言わないか――。

過去を振り返り、あのとき、別の道を選んでいたら――と思わない人はいないだろう。そうしたら現在の自分とはまるで違う人生を歩んだかもしれない。しかしその道を選んだのは、結局のところ自分なのだ。たとえ誰かに勧められたにせよ、それを受け入れ、判断したのは自分だ。

浮気な夫を持った女性は不運だし、素敵な女房を持った男性は幸運だが、それを選択したのは自分の性格だ。同期の中で一人だけリストラに遭ったツキのなさを愚痴るサラリーマンは、昔、自分がその会社を選んだことを忘れている。上司に気に入られて出世した人はツキに恵まれたが、突き詰めれば上司を惹きつける性格をしていたのだ。

未来に何が待っているかは誰にもわからない。しかしその道を選ぶのは自分なのだ。人の縁に恵まれるのもそうでないのも、己の性格による。つまり「運命」はその人の「性格」で決まる。

002

人生というものが
二回も三回もあるなら、
一度目はこれでも我慢する。
でも人生は一度きりなのだ。

『モンスター』（幻冬舎文庫）一四五頁より

『モンスター』のヒロイン、田淵和子は醜く生まれたために、普通の女性が味わう喜びの多くを享受することができなかった。右の言葉は和子のモノローグである。

人は誰でも人生は一度きりと頭ではわかっている。しかし、本当に心の深いところで、それを理解できているのだろうか。というのは、ほとんどの人がそれほど切羽詰まった思いで人生を送ってはいないように思えるからだ。

ほかならぬ私自身がそうだった。年を経て、残りの人生が秒読みに入った頃になって、ようやく「人生は一回こっきりの大勝負」なのだと気付き始めた。実際には生まれた瞬間から「死へのカウントダウン」が始まっているのだが、夏休みに入ってすぐに、「ああ、もうあと四十日しか夏休みがない」と焦る人間がいるだろうか。

しかし世の中には、全力疾走で人生を駆け抜ける人がいる。偉大な芸術家、科学者、政治家、実業家、スポーツ選手などだ。彼らは皆、無意識に「人生はたった一度の大勝負」だと知っている。彼らは時を決して無駄にはしない。

凡人である私はよく想像する。いよいよ死ぬな、という臨終のきわに、自分の人生を振り返ったとき、「ああ、これでお終いなのか。もう次はないのか」と思うのではないかと。

しかしそんなことを書きながらも、「今、自分は一回こっきりの大勝負を演じている」真っ最中だと、本当のところではわかっていないような気がしてならない――。

自分のできないことを考えても仕方がないさ。

『風の中のマリア』（講談社文庫）一一三頁より

『風の中のマリア』は、オオスズメバチのワーカー（働き蜂）のマリアが羽化してから死ぬまでの三十日を描いた小説である。

獲物を探していたマリアは、草むらでクロヤマアリのワーカー（働きアリ）に出会う。マリアに、「私たちワーカーはメスなのに、なぜ卵が産めないのか」と訊かれたクロヤマアリはこう答えている。

「さあね。そういう運命だろう」

クロヤマアリは興味なさそうに答えた。「アリが空を飛べないのと同じだろう。あんたが水の中で生きられないのや、カブトムシが針で刺すことができないのと同じだよ」

右ページの言葉は、この後に続いて言ったセリフである。

『風の中のマリア』は昆虫の物語だが、このセリフは人間にもあてはまる。人生はあらゆる可能性があるように見えて、九十九パーセント以上のことが実はできない。自分がやれないこと、可能性がないことを、あれこれ悩んだり、追いかけたり、苦しんだりするのは時間の無駄でしかないと思う。

自分がやれることを真剣に考える方が、ずっと有意義で大切なことではないだろうか。

HYAKUTA HYAKUGEN

004

誰も一寸先はわからない。
でもそれが
わからないからこそ、
生きていられる。

『フォルトゥナの瞳』（新潮文庫）一一一頁より

『フォルトゥナの瞳』の主人公、慎一郎のモノローグである。

占いが好きな人は少なくない。誰しも、自分の未来が見えたらと、一度は思ったことがあるだろう。しかし、もし本当に未来が見えたら、どれほど恐ろしいことか——。

自分が夢見たものが、未来で何一つ実現しないとはっきりと示されたら、はたして生きていく勇気を保つことができるだろうか。もちろん中年以降になれば、自分の将来がバラ色だと夢想したりはしない。しかし、何かいいことが待っているかもしれない、という漠然とした期待があるからこそ、日々を生きていけるのだ。

未来が見えることのむなしさはそれだけではない。もし成功する姿が見えたとしても、実現したときの喜びは半減どころか十分の一くらいに減ってしまうだろう。人は未来が見えないからこそ、成功と夢に向かって努力するのだ。ビジョンこそが一番のモチベーションなのだ。

しかし実は誰もが予言できる未来がある。それは、「人は必ず死ぬ」ということだ。

ただ、それをいつ、どこで、どんな状態で迎えるのかは、誰にもわからない。そのとき、自分を看取ってくれるのが誰であるかもわからない。

もしかしたら、それは明日かもしれないのだが、そんなことは知らないからこそ、今日も楽しく生きていられるのだ。

「偉大なる母」は
産卵する喜びと引き換えに
空を飛ぶ自由を失ったのだ。

『風の中のマリア』(講談社文庫)二二一頁より

『風の中のマリア』に登場するオオスズメバチの女王蜂はワーカー（働き蜂）たちに「偉大なる母」と呼ばれている。

女王蜂は春先にたった一頭で、巣作りを始め、産卵し、子育てをする。そして幼虫たち（ワーカー）が羽化すると、巣の中に籠って、ひたすら産卵する。

一方、ワーカーはメスでありながら産卵はせず、短い生涯の中でひたすら野山を飛び、幼虫のエサとなる虫を狩る仕事をする。自らは子孫を残さず、巣の繁栄のために生きる。

右の言葉は、ワーカーのマリアが女王蜂について語るモノローグの一部である。この後、モノローグはこう続く。

（女王蜂は）命の尽きるその日まで太陽の光さえ届かないこの暗黒の世界で過ごすことになるのだ。

ワーカーは一生を戦いと労働のために生きるが、最期の時まで自由に大空を舞うことができる。どちらが幸せなのかはマリアにはわからなかった。

女王蜂を一生家庭の中にいる専業主婦とすれば、ワーカーは結婚しないで働き続けるキャリアウーマンと捉える見方もできる。どちらが幸福かの正解はない。

碁の贏輸《えいゆ》（勝ち負け）が
結果にすぎぬと同様、
人生の栄耀栄華もまた
結果にすぎぬ。
人はどう生きたかが
すべてである。

『幻庵』（文藝春秋）下巻四一四頁より

『幻庵《げんなん》』は江戸時代に生きた実在の碁打ちの生涯を描いた物語だが、右の言葉は主人公の幻庵（十一世井上因碩《いんせき》）が自らの人生を碁にたとえて心の中で言った言葉である。

碁には名局と呼ばれるものがある。それは一方が圧勝した碁ではない。双方が互いに秘術を尽くし、二転三転しながら、息もつかせぬ波瀾万丈《はらんばんじょう》の勝負を演じた対局こそ、名局と呼ばれる。

そこには見損じがあってもかまわない。人間同士の戦いであるから、失敗もあれば、勇み足もある。ぎりぎりの勝負だからミスも生じる。しかしだからこそ妙手も生まれる。

人の一生もまた同じではないだろうか。たとえ負けたとしても、最後まで勝負を捨てずに激しい戦いを演じることができたなら、その人生は「名局」と言えるだろう。

逆に、波瀾もなく、大きな失敗（悪手）も大きな成功（妙手）もない穏やかな人生は、碁にたとえれば見る者を退屈させる局かもしれない。ただ、ひどい悪手を打たずに終われた人生ならば、それもまた名局とも言える。

最悪の碁は、布石から適当に打ち、大事なところでよく読まず、その結果、形勢を大いに損なった末に、悪手を連発して、勝負を投げてしまうような打ち方だ。碁には次の対局があるが、人生は一度きりの対局だ。全精力を傾けて力いっぱい打ちたいものだと思う。

北京《ペキン》で一匹の蝶《ちょう》が羽ばたくと、ニューヨークで嵐が起こる。

『フォルトゥナの瞳』（新潮文庫）一八五頁より

これは『フォルトゥナの瞳』に登場する黒川という謎の男が語るカオス理論の中の「バタフライ効果」という有名なたとえ話だ。「バタフライ効果」とは小さな出来事が様々なものに影響していき、最終的に大きな変化になるという考え方だ。

右の言葉は一見荒唐無稽に思えるが、では、このたとえならどうだろう。ある少年が道を歩いていたが、ふと立ち止まって携帯電話でメールした。その一分後、歩道に突っ込んできた車に少年が撥ねられて死んだとしよう。もし、彼がメールをしようと思わなければ、死ぬことはなかった。さて、問題はここからだ。

彼は死ななければ、いずれ結婚したかもしれない。そのとき妻になる女性は、彼がいなければ、別の男性と結ばれていたかもしれない。するとその男性と結婚したかもしれない女性も、別の男性と結ばれたかもしれない。そうして玉突き式に多くの人の人生がどんどん変わっていく。当然、生まれてくる子供たちも全然違う。もし少年があのときメールをしようと思わなければ、二十年後には全然違う社会が生まれていたかもしれないのだ。

人間は朝起きてから夜寝るまでに九千回も選択をしているという。つまり常に人生も社会も変化する可能性を秘めているというわけだ。

『フォルトゥナの瞳』は、人間の運命の不思議さをテーマにした小説だが、書きながら自分の運命に何度も思いを馳せた。

人生における
本当に恐るべき罠《わな》とは、
音もなく忍びより、
気付いた時は
万事が休してからだ。

『錨を上げよ』（講談社）上巻一二六頁より

『錨を上げよ』は、作田又三という昭和三十年生まれの野生児が、社会の荒波に揉まれながら懸命に人生をわたっていくピカレスク小説で、私の処女作だ（刊行は二十数年後）。右の言葉は又三のモノローグの一節である。

人は敵が襲ってくると逃げるか戦うかするものだ。あるいは窮地に陥れば、そこからいかに脱出するかを考えるし、一刻を争うことなら、すぐに行動に移す。自宅が燃えているときに、のんびり新聞を読んでいる者など誰もいない。あるいは、体のどこかに強烈な痛みがあれば、注射嫌いの男でもすぐに病院に向かう。

しかし危険が目に見えず、また急を要するものでなければ、人はただちに行動することはしない。家が少々傷んでいても、慌ててリフォームする人は滅多にいないし、体に少々の違和感を覚えたくらいで病院に行く者も多くはない。その結果、取り返しのつかないことになってしまうケースは山のようにある。

人生において一番恐ろしいものは「怠惰」と「後回し」である。「いつかやろう」「明日から頑張ろう」と思っている人は多い。なぜ今すぐやらないのか。それは切羽詰まっていないからだ。なぜなら、時間はいくらでもある。今すぐやらなくても大丈夫だ——。

しかし人生は人が思っているほど長くはない。気が付けば、もう残り時間はわずかしかなかった、というのが人生だ。

才能のある子は努力の喜びを
知らない子が多いのよ。
出来ないことが出来るようになる
喜びを知らない
ある意味でそれは――
不幸なことやと思う。

『ボックス！』（講談社文庫）下巻一六八頁より

『ボックス！』はボクシングに懸ける高校生を描いた青春スポーツ小説である。右の言葉はそこに登場するボクシング部顧問の女性教師、高津耀子の言葉である。

ウサギとカメの寓話ではないが、一般的に才能のある子は努力を厭う子が多い。なぜなら、簡単にできてしまうからだ。

人間は、上手にできないことが、努力を重ねた結果できるようになると、充実感と喜びを覚える。それは子供でも同様だ。初めて自転車に乗れたとき、初めて鉄棒の逆上がりができたときの子供はまさしく満面の笑みを浮かべる。

大人になっても、スキーが上手に滑れるようになったときや、ゴルフや囲碁が上達したときは、たとえようもない喜びを覚える。もちろん他のスポーツも同じだ。人がそうしたものに夢中になるのは、実は上達の喜びがあるからだ。

しかし簡単にできてしまうものには、人はあまり喜びを感じないし、それ以上掘り下げてやろうとは思わない。縄跳びやラジオ体操や新聞の朗読に夢中になる人は滅多にいない。

世の中には、才能があるのにそれを伸ばそうとしない子がいる。そういう子は簡単にできてしまうので、努力しようという気が起こらないのだ。

才能は両刃の剣である。

将棋ってのは選択の連続なんだ。
この手を指すか、　あの手を指すか、
それともこうか。
負けた時なんか後悔ばっかりだ。
あの時ああ指せば良かった、
なぜこう指さなかったんだろうってな。

『錨を上げよ』（講談社）上巻四八七頁より

右の言葉は『錨を上げよ』で、主人公、又三の幼馴染が語るセリフである。将棋の才能があった彼は、プロ棋士を目指して奨励会に入るが、結局、その夢を果たせずに終わる。将棋も碁も変化は無限に近い。プロ棋士たちは常に選択の岐路に立たされる。もし別の手を選択していれば、それがどう変化したかは永久にわからない。

これは人生も同じことだ。過去を振り返って、「別の大学に行っていれば――」「違う仕事を選んでいたら――」「別の女と結婚していれば――」と考えたことのない人はいないだろう。どの道を選んでも結局同じだったという人生はまずない。もっと小さな選択の違いでも、何十年か後には大きく変化していた可能性もある。

幼馴染の青年は、その後に、こう続ける。

「しかし将棋はまだいいよ。負けたって次がある。人生はそうはいかない」

そうなのだ。将棋は次の局に反省を生かせるし、前の将棋で指さなかった手の変化を求めることも可能だ。しかし人生はそうはいかない。過去に時計の針を戻して、選択のやり直しをすることはできない。

だからこそ、人生は面白いと言える。

人は
持って生まれた能力で
戦っていかなくては
ならない。

『モンスター』（幻冬舎文庫）二九五頁より

『モンスター』のヒロイン、田淵和子は醜く生まれてきたがゆえに、世の中の不公平をたっぷりと味わわされる。彼女はひたすら嘆き悲しむ前半生を過ごすが、ある日を境に、自分の人生に敢然と立ち向かうことを決意する。右の言葉は、そんな和子の思いだ。

たしかに世の中は不公平にできている。残酷な事実だが、人には生まれながらにして大きな差がある。金、地位、容貌、体、才能、環境——どれをとっても平等などということはない。

しかしそれを愚痴ったり、恨んだりしても、その差は少しも縮まらないし、誰かが助けてくれるわけでもない。

ゲームなら、「配られたカードが気に入らない」と駄々をこねれば、もう一度初めからやり直させてもらえるかもしれないし、それに負けても次のゲームがある。

ところが人生にはやり直しも二回目もない。和子が悟ったように、手持ちのカードで勝負するしかないのだ。

理不尽に思えても、それが人生だ。

愛・男と女

今の私の一番の夢が
何かわかりますか。
（中略）生きて家族の元に
帰ることです。

『永遠の0』（講談社文庫）二八六頁より

『永遠の０』は私の小説家デビュー作品で、零戦《ゼロせん》に乗って大東亜戦争を戦い抜いた宮部久蔵の生涯を描いた物語だ。右の言葉は、彼が部下に言ったセリフだ。

宮部は「生きて妻と娘の元に戻る」という信念で大東亜戦争を戦い続けたが、結局、その夢は叶えられずに終わる。

大東亜戦争で戦死した兵士は、約二百三十万人。彼らは皆、宮部と同じように、家族の顔を見ることなく、日本を遠く離れた戦場で亡くなった。

今、私たちは一日の仕事を終えて家に帰れば、普通に家族の顔を見られる。これは当たり前のことで、そのことを特別にありがたいとは思わない。

しかしわずか七十年ほど前はそうではなかったのだ。

何百万人という男たちが、過酷な戦場で夢見たことは、もう一度祖国に戻って、家族の笑顔を見たいということだった。そして彼らの家族もまた、戦場にいる夫、恋人、父、息子、兄、弟たちの無事を必死で祈った。

そのことを思うと、現代の私たちがいかに幸福に包まれているかがわかる。

同時に、その幸せを実感できていないこともわかる。

愛情って、
枯れない泉みたいな
ものなんだ。

『輝く夜』(講談社文庫)一一一頁より

『輝く夜』はクリスマス・イブの一日を舞台にした五つの短編集だ。

この物語では、真面目に誠実に生きてきたにもかかわらず、幸福に恵まれなかった五人の女性たちに奇跡が舞い降りる。右の言葉はその中の第三話「ケーキ」という作品に出てくる、ヒロイン真理子の思いだ。

孤独だった真理子は、夫にめぐりあい、彼を愛する。やがて子供が生まれ、その子を愛する。愛情は次から次へと溢れる。

お金もものも無限ではない。使えば減るし、分けても減る。しかし愛情は、いくら注いでも、分け与えても、少しも減ることはない。ヒロインは愛する家族を持って初めて、「愛情って、枯れない泉みたいなもの」と気付く。

地球上のすべてのものはエネルギー保存の法則に縛られている。それゆえ永久機関も存在しない。しかし愛情だけは無尽蔵に溢れ出る。

しかし人によっては、枯れた井戸のように愛情が一滴もない人もいる。あるいは人に分け与えるのを嫌がる人もいる。減るものでもないのに、出し惜しみする人もいる。

そういう人は、「愛」はお金のようなものだと思っているのかもしれない。

恋の毒という奴は、
刺された時はどうということはない
と思っていても、
気付かぬうちに全身に廻り、
あっと思った時は、
体中が痺れているものだ。

『錨を上げよ』（講談社）上巻三五九頁より

『錨を上げよ』の主人公、作田又三は数えきれないほどの激しい恋をし、数えきれないほど、相手を傷つけ、自分もまた傷つく。

右の言葉は、又三が何度目かの恋をしたときに、恋について考察するモノローグの一節である。

又三が言うように、「恋」というのは、本当に毒薬に近いと思う。わずかな毒で全身が麻痺し、思考が失われ、体調さえも崩す。厄介なのは、特効薬がないことだ。特に失恋にいたったときの毒のまわりは、相当に速い。

しかしこの毒に対する耐性は個人差が大きい。大量の毒を食らってもけろっとしている人もいれば、少量の毒で瀕死に陥る人もいる。また回復力も人それぞれだ。

ところで、恋は薬にも似ている。大量に摂取すると毒になるが、少量だと薬になることもあるからだ。恋の作用で躁状態になり、人生に前向きになる人も珍しくない。反対に、鬱状態になり、何もやる気が起きないケースもある。

ただ、恋の劇薬に弱い人でも、二度目三度目となると、免疫ができて耐性が増す。やがて一切の毒が効かなくなる場合もあるが、そのときは、「恋」の喜びさえも感じなくなっている。

死んでほしくないと願う人がいない人生こそ、最も寂しい人生だ。

『フォルトゥナの瞳』（新潮文庫）三〇八頁より

『フォルトゥナの瞳』の主人公、木山慎一郎は孤独な人生を送ってきたが、ある日、「他人の死の予兆が見える」という不思議な力を持つようになる。しかし、他人の運命を変えることは、彼自身の命を縮めることになるとわかる。

それを知った慎一郎は、以後、自分は誰の運命にも関わらず、また関心も持たないと心に誓う。しかしその瞬間、これまで味わったことのない寂寥感に襲われる。彼は、誰の人生にも関心を払わない人生というものほど、恐ろしい孤独はないと知る——。右の言葉はそのときのモノローグだ。

愛は、「この人を失いたくない」という思いが根底にあって初めて生まれるものかもしれない。

しかしいつか別れは来る。究極の別離は「死別」である。どれほど愛し合った者同士でも、死は必ず訪れる。その喪失感はしばしば人を打ちのめす。

愛する人がいない人は、その喪失感と悲しみを味わうことはない。しかし「死んでほしくない人がいない人生」は、実は最も寂しい人生ではないだろうか。

それはまるで荒涼たる砂漠に一人でいるような孤独を思わせる。

一切の迷いもなく
異性を好きになれるのは
幼い時だけかもしれない。

『プリズム』（幻冬舎文庫）二三頁より

『プリズム』は多重人格をテーマにした物語である。右の言葉は多重人格の青年が持つ一つの人格に恋してしまったヒロイン、聡子のモノローグの一節だ。

昔から「恋は思案の外」と言う。「思案の外」とは、思慮分別とは別のものという意味であり、非常識で無分別な言動をすることを指す。また、「恋は盲目」ということわざもあれば、「恋の病」という言葉もある。つまり、恋というものは、理性を失わせるもので、常識や理屈では測れないものだ。

しかし本当にそうだろうか。理性も何もかも吹き飛ぶ恋なんて、実際は若いときだけのものではないだろうか。

大人になると、恋をするときも駆け引きや計算をするようになる。相手を選ぶときも、地位や財産や家柄など、いろいろな条件が絡み合う。不倫の愛だって、いや、不倫の愛こそ余計に様々な計算が生まれる。

何の計算もなく、損得勘定もなく、純粋に人を好きになれるのは、思春期までだ。年をとっても初恋が忘れられないのは、そのせいかもしれない。

愛という実体のないものに形を与えるには、何らかの形而下の表現方法を用いなければならない。

『錨を上げよ』（講談社）下巻四六八頁より

これは『錨を上げよ』の主人公、作田又三が恋愛について考察するモノローグの一節である。

愛情は心の中にある。しかしそれは実体を持たない。いかに純粋に愛しても、いかに強く相手を想っても、それを形にしなければ存在しないのと同じである。又三はこう考える。

「表現方法を持つことがなければ、愛は『採掘されない油田』であり、『磨かれないダイヤの原石』であり、『演奏されない楽譜』のようなものであるということだ。そして何より大切なのはその表現方法——言葉も含めた様々な行為——ということだ」

しかし世の中には、愛を表現しているつもりでも、それが相手に伝わらないケースもある。油田を掘る場所を間違ったり、ダイヤの原石の磨き方が拙かったりするからだ。いかに心を込めて演奏しようが、下手くそではどうしようもない。

逆に心なんかなくても、演奏技術が見事なら、愛を簡単に手に入れられる。悲しいことに、世の中には財力、あるいは美しい言葉で、見事に愛を表現する人たちがいる。しかしその愛が本物かニセモノかは誰にもわからない。

美しくなって初めて気付いたことはいくつもある。それは街で男たちといつも目が合うことだ。

『モンスター』（幻冬舎文庫）三一〇頁より

『モンスター』のヒロイン、鈴原未帆（田淵和子の後の名前）は、整形手術で類まれな美しさを手に入れるが、その途端、それまで見えていた世界が一変する。
右の言葉も、そうした変化の一つだ。彼女はその後、心の中でこう呟く。

正面から歩いてくる男の顔に目をやると、ほとんどの場合、その男と目が合う。かつて醜い時は男と目が合うことなど一度もなかった。
男たちはいつも美しい女の顔を見ていたのだ。だから私が男に視線を向けた時はたいてい目が合ってしまう。こんなことはそれまで知らなかった。美しい女にとっては当たり前のことだったのだろう。そしてブスには永久にわからないことだ。

男は美人と目が合うと、一瞬、目がわずかに開く。美しい女だけがそのことを知っている。それは彼女たちにとっては当たり前の日常だが、いずれそうならない日がやってくる。それもまた人生――。

恋の作用は
たいていの場合、
人を躁と鬱の
どちらかにする。

『錨を上げよ』（講談社）上巻三二八頁より

『錨を上げよ』の主人公、作田又三は恋多き男である。年がら年中女性に恋をし、たいてい振られる。にもかかわらず、彼はすぐに新しい恋に出会い、それに夢中になる。又三は恋をすると、一種の躁状態になり、あらゆることに前向きになる。勉強にも仕事にもやる気が湧き、目に映るすべてのものが素晴らしく見える。

又三自身、それを自覚していて、右のモノローグの後に、「ぼくの場合にはどうやら圧倒的に前者の方だった」と続けている。ただ、彼の場合、その反動は大きく、失恋すると、途端に鬱状態になり、何もかも放り出してしまう。

又三ほど極端ではなくとも、たいていの人は恋をすると、その感情が躁か鬱のどちらかに傾く。あるいはそれが振り子のように、振幅することもある。そうした感情の振幅を嫌うがゆえに、恋に躊躇する人も少なくない。

しかし恋による感情の揺れは、人間だけに与えられた素晴らしい特権の一つではないかと思う。そして人は恋をするたびに、心を少しずつ成長させているような気がする。

女に狂って人生を棒に振るのは、
もてない男たちだ。
あるいは棒に振ったところで
惜しくもない人生しか送っていない、
しがない男たちだ。

『モンスター』(幻冬舎文庫)三三九頁より

これは『モンスター』のヒロイン、鈴原未帆のモノローグである。「傾城《けいせい》」という言葉がある。城、すなわち国が傾くほどの美女という意味だ。王様が政治をそっちのけにして、入れ込むほどの美しさを持っている女ということだ。

有名なところでは、楊貴妃に狂って国を危うくした唐の玄宗皇帝、クレオパトラに夢中になってローマ最高司令官の地位を失ったアントニウスがいる。

ところが、実は彼ら以外に、美女に狂って地位と名誉を失った大物というのはほとんどいない。玄宗やアントニウスは歴史上、極めて例外的な男なのだ。

地位も名誉も極めた男は、実は一人の女に狂ったりはしない。

なぜなら彼らはいつでも素晴らしい美女をとっかえひっかえできるからだ。英雄は色を好むが、一人の女にのめり込んで、自分の地位や名誉や財産を棒に振ったりはしない。まして国を傾けるなどということはない。

女に狂って何もかも失うのは、むしろ小物たちだ。ホステスに入れ込んで会社の金を使い込んだり、逃げた女を殺してしまったりする男のニュースはいくらでもあるが、そんな男たちはたいてい社会的には高い地位にはいない。役所でも会社でも下っ端がほとんどだ。無職の者も珍しくない。おそらく女以外にのめり込むものがない男たちなのだろう。

HYAKUTA HYAKUGEN

021

現代では、多くの人が
愛を見つけられずにいる。

『錨を上げよ』（講談社）下巻五四三頁より

これは『錨を上げよ』に登場する世捨て人、影山の言葉だ。彼は自らを「愛の信奉者であり、愛こそはこの世で最も素晴らしく純粋なものだと信じている」と言い切る男だ。

彼は現代人が愛を見つけられない理由をこう語る。

「愛の形は普遍的なものではないからだ。異なる時代や文化を突き抜けて存在する形は持たないんだ。その社会によって愛の衣裳はすべて違う。しかし現代においてはその価値の多種多様性が、愛に実に多くの衣裳をまとわせ、様々な化粧を施している。カラフルで色とりどりで目まぐるしいばかりだ。誰もが迷い、目移りし、そして『好み』の衝突が起こる。その結果、人々は愛を見失い、果ては幻滅さえ感じ始めている。愛を見出すこと、捕まえることに自信を失ってしまっているんだ」

ところが影山はこう言った後に、次のように断言する。

「しかし絶対に忘れてはならないのは、それでも愛は存在するということだ。それは決して弱々しくもなければ、形のないものでもない。むしろその反対で、それは激しく、強い。ただそれを見るためには、一切の衣裳を剝ぎ取らなければならないということだ」

愛とはなんと複雑なものなのだろうか——。

男は目でセックスしてるんだよ。

『モンスター』(幻冬舎文庫)一九八頁より

この言葉は『モンスター』のヒロイン田淵和子が、ファッションヘルスの面接に行ったときに、店長格の男に言われたセリフである。結局、彼女は顔が醜いせいで断られる。このとき、その男はこうも言っている。

「オナニーなら頭の中で好みの女を描けばいいが、ヘルスの場合は目の前に女がいる。その女がブスだと、男は勃たないんだ。勃ってもイケない」

彼はその結論を「男は目でセックスしてる」という言葉で表現する。

男性が女性に比べて視覚的な感性に優れているということはないだろう。しかしなぜか性的なことに関しては、女性よりも圧倒的に視覚的な感受性が強い。エッチな写真を見たり、ストリップ劇場に喜んで通ったりするのも、目で興奮できるからだ。女性器を生で見てハアハアドキドキするというのも、情けない男の性である。

ところが不器量な女性だと全然興奮しないという男性は少なくない。いや、見たくもないという男もいる。ついているものは同じにもかかわらず、美人のそれだと神々しく見え、不器量な女性だとただの肉と粘膜に見えてしまうということなのだろう。

もちろん中には、セックスに関しては、美人であろうが不器量な女性であろうが、頓着《とんちゃく》しない男性もいる。ある意味、男の鑑《かがみ》である。

あの遺書が特攻隊員の本心だと思うのか。

『永遠の0』（講談社文庫）四二一頁より

これは『永遠の0』に登場する元特攻隊員の武田が、「特攻隊員は殉教的なテロリストだった」と断じた新聞記者を怒鳴りつけたセリフである。

特攻隊員たちの遺書には、死の悲しみや苦しみをあからさまに書いたものはほとんどなく、むしろ国のために命を捧げる喜びを綴ったものが多い。それゆえ後世の左翼ジャーナリストたちは、特攻隊員たちは軍国主義にかぶれ、国のために平気で命を捨てたと見做した。これに対して武田は激高する。

「当時の手紙類の多くは、上官の検閲があった。（中略）戦争や軍部に批判的な文章は許されなかったのだ。特攻隊員たちは、そんな厳しい制約の中で、行間に思いを込めて書いたのだ。それは読む者が読めば読みとれるものだ。報国だとか忠孝だとかいう言葉にだまされるな。喜んで死ぬと書いてあるからといって、本当に喜んで死んだと思っているのか」

「遺族に書く手紙に『死にたくない！　辛い！　悲しい！』とでも書くのか。それを読んだ両親がどれほど悲しむかわかるか。大事に育てた息子が、そんな苦しい思いをして死んでいったと知った時の悲しみはいかばかりか。死に臨んで、せめて両親には、澄み切った心で死んでいった息子の姿を見せたいという思いがわからんのか！」

左翼ジャーナリストたちよ。特攻隊員たちを愚かな被洗脳者と見做すのはやめてほしい。

音楽が音と音との間に
現われるように、
また引力が二つの物体の間に
形を見せるように、
愛もまた二人の人間の間に
存在するものだ。

『錨を上げよ』（講談社）下巻五三〇頁より

『錨を上げよ』の主人公、作田又三の恋愛に関する考察の一節である。この物語には、「恋する男」又三の恋についての思索の言葉がふんだんに出てくる。

音は一つ鳴らすだけではただの音にすぎない。しかしもう一つの音を同時に鳴らせば和音になる。さらに時間をずらして、別の音を鳴らした瞬間に音楽に変わる。それぞれの音には何の意味もなくても、二つを組み合わせると、別のものに変化するのだ。

人も同様だ。もしも世界に人間がたった一人しかいなかったら、彼（女）の中には「愛」も「憎しみ」もない。「怒り」や「悲しみ」や「笑い」はあっても、「愛」と「憎しみ」はない。

「愛」も「憎しみ」も、人と人が出会ったときに生まれる感情だ。まるで化学変化のように、人と人との間に突然、生じるのだ。

また「愛」と「憎しみ」は二つの磁石が生み出す磁力に似ている。時に引かれ合い、時に反発し合う。しかし磁力と違うのは、「愛」と「憎しみ」は空間には存在しないことだ。それは心の中に生まれる。そして永久に消えないこともあれば、ある日突然、消えてしまうこともある。

私たちはそんな感情に振り回されて一生を終える。

皆、他人の女房の話は
よく知ってるのに、
自分の妻のことは
からきし知らない。

『幸福な生活』（祥伝社文庫）二五五頁より

『幸福な生活』は、十九編からなる短編集である。一見、幸せに暮らしているように見えるが、その裏には深い闇が潜んでいるというブラックユーモアに満ちた物語が続く。

右の言葉はその中の「淑女協定」という物語に出てくる言葉である。

女性というものは、気の置けない友人同士では、男性以上に自らの性体験を赤裸々に話す。それを聞いた女性たちも、その秘密は男性には明かさない。そのあたりは紳士協定ならぬ一種の「淑女協定」のようなものである。ところが、例外がある。自分の恋人や夫には、しばしば「淑女協定」を破って、親友の秘密をべらべら喋ってしまうのだ。

私がフリーの放送作家としてよく出入りしていた某テレビ局は、職場結婚が多かった。女性同士は独身時代に自分の性体験を語り合っているから、結婚すると、彼女たちの夫は、その秘密を知ることになる。つまり同僚の奥さんの過去の男性経験や不倫体験をかなり把握することになる。

しかし自分の妻のことだけは何も知らない。女というものは、なぜか恋人や夫には過去の性遍歴を全部は喋らない。余談だが、一番多いのは「実はあなたが二人目」というセリフだ。中には「あなたが初めての男性」とのたまう豪の者もいる。大半の男性は妻の言葉を信じる。しかし同僚たちは彼女の本当の性遍歴を全部知っているという顛末である。

秘密というものは、一人に喋れば、結局は全員に知られることになる。

女性の商品化とは
すなわち
肉体の使用権の
問題なんだ。

『錨を上げよ』（講談社）下巻五四一頁より

『錨を上げよ』に登場する世捨て人の影山は、愛しているにもかかわらず、たった一度の過ちをおかした妻を許せない又三に向かって、「君は妻を人間としてではなく、商品として見なしていた」と言う。否定する又三に対して、影山が言ったのが右のセリフである。
　影山はさらに続ける。

「セックスすることを『オマンコする』という言い方をするが、なぜ女性器が動詞になるのか考えたことがあるか。男性優位の社会にあって、女性器は男が使用するものだからだ。それで、ゲームをする、テニスをする、電話をする、という言い方と同じように、オマンコをすると言う。決して『チンチンをする』とも『チンポする』とも言わない。しかし男が使用するといっても、女性に所有権のあるモノだから、与えたり、差し出したり、許したり、できる。逆に男性は奪うことができるというわけだ」

　動揺する又三に向かって、影山は追い打ちをかけるように辛辣《しんらつ》な言葉を投げかけるが、それは次ページに。

愛の形がどれだけ
多様なものであるかを
一番良く知っているのは、
文化人類学者だ。

『錨を上げよ』（講談社）下巻五四三頁より

この言葉は、前ページから続く『錨を上げよ』に登場する影山のセリフの一節である。彼の言葉はさらに続く。

「今この世界にも何百という文化がある。文化は何もヨーロッパとイスラムとアジアだけにあるのではない。千人に満たない少数の民族もまた独自の文化を持っている。そしてそこには様々な男と女の関係がある。（中略）セックスと貞節ということをとってみても、それらは驚くべきほどの多くの形を見せる。ある種族では親族内で乱交が認められているし、別な種族では少年少女たちが互いに相手を交換してセックスする。またある種族では、婚外交渉が自由なため、『姦通』を意味する言葉さえ存在しない。（中略）その一方で、結婚前に処女でないことがわかった女は手足を切られるという種族もあれば、未婚の少女と話をかわしただけで、その男は殺されるという種族もある。『性』というものにおける扱いだけでも、人間社会にはこれだけ多様なものがあるんだ。にもかかわらず、文化人類学者に言わせれば、それでも愛の本質は基本的には変わらないと言うんだ」

愛とは何か、貞節とは何か——私は今もこれについて考えている。

成功・幸運

本当の才能というのは、
実は努力する
才能なのよ。

『ボックス！』（講談社文庫）下巻一八〇頁より

これは『ボックス！』の中で、ボクシング部の顧問、高津耀子が主人公の一人、木樽優紀に言うセリフである。耀子と優紀はこの後、こういう会話をする。

「努力と言っても、苦しんで苦しんでしんどい思いを克服してやるのは違うの。さぼりたい気持ちを抑えつけないと努力出来ない人は才能がないのよ。本当の天才って、努力を努力と思わないのよ」

「努力を努力と思わない――ですか」

「そう。それが楽しいからする、好きだからする、面白いからする、という人が本当の才能の持ち主なのよ」

これはすべての分野にあてはまることだと思う。

世の中にはテレビゲームをやらせたら天才的なテクニックを見せる子供がいる。その子はテレビゲームを極めるために、苦しい努力なんか微塵もしていない。ただ、それが好きだから四六時中やっていて、その結果、そこまでの技が身に付いたのだ。

偉大なスポーツ選手、科学者、芸術家も基本的には、「それが好きでたまらない」からやっていたケースがほとんどだ。「好きこそものの上手なれ」ということわざはまさしく真理である。

碁においては、「勝った」と思ったときが一番危ない。

『幻庵』（文藝春秋）上巻二三一頁より

これは『幻庵』に登場する、幻庵の師匠である服部因淑《いんしゅく》の言葉である。どんな碁打ちでも難解な局面では必死に考える。複雑な戦いや読み合いとなれば、万に一つも読み損じがないように念には念を入れる。

しかしその局面を制し、勝敗の帰趨《きすう》と優勢を意識して、ホッとしたときこそが、最も危ない瞬間と言われている。過去にも有名な碁打ちたちが単純な失着を打って好局をふいにしているが、そのほとんどは優勢な状況で、しかも簡単な局面でおかしたミスだ。

これは勝負ごとに限らない。吉田兼好も『徒然草』で面白いことを書いている。木登り上手が、人に指示して高い木の梢を切らせたとき、その人が高いところにいるときには何も言わず、そこから下りてきた彼がもう少しで地面に着くというときに、「しくじるな。心して下りろ」と声をかけたという話だ。

それを見ていたある人が、なぜ高いところにいるときに気をつけろと言わなかったのかと訊いたところ、木登り上手は、人は高いところにいるときは、誰に言われなくても細心の注意を払う。ところが、いよいよ地上に下り立つというところになると、油断する――このときが一番危ないと答えたという。

人生も同じである。危機をくぐりぬけ、うまくやったぞと思ったときこそ、実は最大のピンチが迫っているのだ。まさしく、「好事魔多し」である。

自信という奴は
適度に持てば
努力の源ともなるが、
過ぎるとしばしば怠惰の虫を
呼び起こすものとなる。

『錨を上げよ』（講談社）上巻三四五頁より

『錨を上げよ』の作田又三のモノローグの一節である。

又三の言うように、「自信」というものほど、扱いにくいものはない。

これがなければ、何かに挑戦する意欲がなくなるし、高い目標も持てない。また勝負ごとはたいていの場合、良くない結果に終わるだろう。またあまりにも自信がない人間は、日常生活においてもおどおどしてしまうし、人前でも堂々とした態度を取れない。

かといって、「自信」は持ちすぎても厄介だ。

努力を怠ることにもなるし、実力以上に高望みをすることにもなりかねない。また勝負ごとでは、しばしば油断を引き起こす。自信過剰の人間は、謙虚さを失い、人を見下したりすることもある。

結局、自分の力に見合った自信を持つべきなのだが、その塩梅がなかなか難しい。なぜかと言うと、自分の実力に応じた自信を持つということは、自分自身を客観的に見つめる能力を持っているということだからだ。それがいかに困難であるかは、おそらく読者もよくわかっていると思う。

一番理想的なのは実績を積み上げていく中で自然に生まれる自信だ。実績のともなわない自信は人生をスポイルしかねない最も危険なものである。

生きるか死ぬか――
そんな危急存亡の時には
リミッターが外れて、
能力一杯まで
パワーが引き出される。

『ボックス！』（講談社文庫）下巻三〇七頁より

『ボックス！』に登場する、高校ボクシング部の沢木監督の言葉である。

「火事場の馬鹿力」ということわざがあるが、それは大袈裟でもなんでもない。人間というものは、生きるか死ぬかの土壇場では、日頃の力以上のものを発揮する。

実は人の体にはリミッター（制御装置）というものがある。体力やエネルギーをすべて使ってしまうと、筋肉組織や循環組織に負担がかかりすぎて危険をともなうおそれがあるからだ。それで普段は一定以上の力が制御されるようになっている。ところが、ここ一番というときは、リミッターが外れる。すると普段なら出ないはずのパワーが出る。

超一流のアスリートたちは、これを自ら外すことができると考えられている。よくオリンピックの決勝で、自己新記録で優勝する選手が現れる。数々のローカル大会や予選などで一度も出せなかったタイムを、四年に一度のオリンピックで、しかも大変なプレッシャーの中でたたき出すというのは、普通では考えられない。これはつまりリミッターが外れた結果である。おそらく超一流アスリートの中には、大会ではほとんど常時リミッターを外す能力を持っている人がいるのだろう。

しかし、これはアスリートに限らない。読者にも「自分によくこんな仕事ができたなあ」と、後で振り返って感心することがあると思う。それはおそらくリミッターが外れて、普段以上の力が発揮されたのだ。そして、リミッターを外すのは「心」である。

世の中に
「成功の法則」が
あるとすれば、
それは賭け率の法則だ。

『錨を上げよ』（講談社）下巻五九頁より

これは『錨を上げよ』に登場するパチンコ店社長のセリフだ。彼はそれをルーレットにたとえてこう語る。

「元手を三十六倍にしようと思えば、およそ三十六分の一くらいの成功率しかないし、二倍くらいでいいとするならチャンスも半分くらいはある」

人生全般もそうかもしれない。世の中には大金を稼げる様々な職業がある。医者、実業家、タレント、スポーツ選手——しかし、誰もが簡単になれる職業ではない。もしそれを目指して失敗したら、努力が無駄になるどころか、下手すれば人生を棒に振りかねない。

彼はまた、パチンコ店の社長らしく、成功というものについてこう語る。

「成功なんてしょせんパチンコ玉がチューリップに飛び込むようなものだ。（中略）俺の言うのは玉の一発一発を問題にしての喩えじゃない。あくまで全体を言ってるんだ。つまり何発か打てば、そのうちの一発が穴に飛び込むという意味でのものだ」

つまり大勢の人間が同じものに挑戦すれば、そのうちの誰かがチューリップ（成功）に飛び込むというわけだ。成功した者を、個人として見るか、全体として見るかによって見方が変わるということだ。

033

「不幸」という奴は、
それに捕まえられたものと、
危うく逃がれたものとで、
その違いは天と地ほどに大きいものだ。
その二つを同じように
見つめられる人間こそは、
人生の偉大なる思索者であり、
またおそらくは
成功を約束されている者だ。

『錨を上げよ』（講談社）上巻一八〇頁より

『錨を上げよ』の作田又三の人生に対する考察の一節である。

人生にはやり直しのきかない失敗というものがある。

不注意な車の運転で大事故を引き起こしてしまったり、暴飲暴食で不治の病になってしまったり、ささいな口論から相手を殴って大怪我をさせてしまったり、ギャンブルにはまって財産のすべてを失ったりという話はいくらでもある。それらはもう取り返しがつかない。

しかし、もしそれらの危機を間一髪で免れて、何もなかったとしたらどうだろう。

「あー、危なかった。もう二度とこんなことが起こらないように、注意して生きよう」と誓うだろうか。悲しいことに、多くの人は「喉元過ぎれば熱さを忘れる」ということわざのように、しばらくすると忘れてしまう。

人は失敗を教訓にできる動物だが、その失敗がたいしたことがないと、教訓にできないのだ。ある程度の痛みを覚えないと学ぶことができない。私などはある程度の痛みを味わっても、なお教訓にできない。

しかし世の中には、痛みを覚えなくても失敗をきっちりと教訓にして、二度と同じ過ちを繰り返さない人もいる。また自らが失敗しなくても、他人の失敗を見て、学ぶ者もいる。

そういう人は人生で成功を約束された人である。

034

強さには、表に顕《あらわ》れる強さと、表には顕れない強さがある。

『幻庵』（文藝春秋）上巻一六七頁より

『幻庵』に登場する江戸時代の碁打ち、本因坊元丈《ほんいんぼうげんじょう》が弟子の松之助に語るセリフである。松之助は晩成の才を持ち、普通の者が上達できなくなる年齢で急激に強くなり、偉大な碁打ちに育っていく。元丈は松之助の碁から、それを見抜いていた。

この場合の「強さ」とは、発展途上の「才能」あるいは「実力」という意味である。勝負を争う分野の競技では、「才能」と「実力」の優劣を明確にするために試合が行なわれるが、その結果は必ずしも、それらを正確に反映させたものとはならない。

その証拠に、高校野球の優勝チームのエースがドラフトの一位候補になるとは限らない。試合の結果は「表に顕れる強さ」で、これは誰にでも見える。しかしプロのスカウトは「表には顕れない強さ」を見ようとする。実際、プロ野球の世界で大エースとなった選手は、高校時代に華々しい活躍をしていない選手の方がむしろ多い。

「千里の馬は常にあれども、伯楽は常にはあらず」ということわざがある。「千里の馬」とは千里を走ることのできる名馬で、「伯楽」とは馬の能力を見抜く人のことである。せっかく名馬がいても、それを見抜く者がいなければ、その馬が活躍することはない。

ダイヤの原石も、それをダイヤと見抜く者がいなければ、ただの石である。そして千里の馬が伯楽に出会うためには「運」が不可欠である。

幸運の女神は、
絶えず心の底から
望んでいる者には、
時として気まぐれな
振り返りを見せる
瞬間がある。

『錨を上げよ』（講談社）上巻一九五〜一九六頁より

『錨を上げよ』の主人公、作田又三のモノローグの一節である。

世の中には必然のコースを辿って成功した者はむしろ少なく、実は「幸運の女神」が気まぐれに見せた一瞬の微笑みを見逃さなかったケースが多い。

私たちは彼らの成功を見て、「あいつらはついてるなあ」と羨ましくなるが、実は「幸運の女神」は私たちにも微笑んでいる。ところが私たちはそれに気付いていないだけなのだ。

成功者の多くはいつも夢に向かって一所懸命だ。心には常にそのことがある。だからこそ、「幸運の女神」の一瞬の微笑みを見逃さないのだ。

よく、流れ星が消えるまでに願い事を心の中で三度唱えれば、願いは叶うと言われる。流れ星を見るのは予期せぬことで、しかも見えている時間はせいぜい二秒ほどだ。その瞬間に願い事を三度も唱えるのは不可能に近い。

しかし、もし唱えることができるとしたら、その人は絶えず心にその夢を抱き続けている人だろう。夜道を歩いているときも、そのことばかり考えていたなら、流れ星を目にした瞬間、三度唱えられても不思議ではない。そして夢を叶える人はそういう人かもしれない。

スポーツの世界では、素直なことが伸びる条件です。

『ボックス！』（講談社文庫）下巻八一頁より

これは『ボックス！』に登場する高校ボクシング部の沢木監督が顧問の高津耀子に言うセリフだ。彼はこの後にこう続ける。

「監督やコーチに言われた通りに同じことを馬鹿みたいに繰り返す。そんな奴が最終的には伸びます」

その言葉を聞いた耀子は、「自分で工夫するのも大事なことじゃないんですか」と反論する。それに対して沢木監督は「それがないと一流にはなれんでしょう。ただ、基本を身に付けてからだ」と答える。そしてこう続ける。

「基本を完全に身に付ける前に、自分勝手な自己流や我流を貫く奴は、一見すごそうに見えますが、最終的に大きな壁にぶつかって伸びなくなります」

私は長年、テレビ業界にいたが、ディレクターでも構成作家でも、新人時代に先輩の言うことをしっかり聞く人間はよく伸びた。一方、アドバイスを無視して、自己流を貫く者はたいていものにならなかった。どの業界でも同じだと思う。

若いときから我流を貫いて成功するのは、一握りの本物の天才だけである。

037

彼の魅力はフェラーリを
持っているという
ことじゃない。
フェラーリを持てるだけの
仕事と金を持っている
ということなのだ。

『フォルトゥナの瞳』（新潮文庫）一一九頁より

『フォルトゥナの瞳』の主人公、木山慎一郎の仕事は、車を磨いてコーティングすることだ。慎一郎のところに高級車を持ち込む客たちの多くは社会的な成功者だ。慎一郎の恋敵の男はフェラーリに乗っている。彼はそのことで既に気後れし、卑屈な気持ちになる。

世の中には、女にもてるためにいい車に乗りたいと考える男がいる。あるいは自分をかっこよく演出するために上等な服を着て、高価な時計を身につけようとしたりする。実際、そういう男に惹かれる女は少なくない。

しかし勘違いしてはならないのは、女が惹かれるのはアルマーニの背広でもなく、ロレックスの時計でもなく、フェラーリでもないということだ。

そういうものを買える財力を持っているということに、女は魅力を感じているのだ。服も装飾品も車も、男の地位と財力を証明するわかりやすい小道具にほかならない。だから成功したタレントやスポーツ選手が真っ先に買うのが、高価な服と時計と車というわけだ。

しかし当たり前のことだが、男の本当の魅力は、財力などにはない。

とどのつまり人生においては、
何かになりたいと思う気持ちこそが
航海の舵であり、
それに向かう情熱の強さこそ
エンジンの馬力にほかならない。

『錨を上げよ』（講談社）下巻六六頁より

『錨を上げよ』の主人公、作田又三のモノローグである。

この物語には、人生を航海にたとえた言い回しがいくつか出てくるが、これもその一つである。

海は道路と違って向かう方向が決まっていない。つまりどの方向に船の舳先を向けるかで、行き先が決まる。

しかし方向を決めても、エンジンがなければ前に進まない。潮流や逆風に逆らって進むには、強いエンジンがいる。弱々しいエンジンでは、潮の流れや、風に方向を変えられてしまいかねない。

そしてもう一つ重要なのは、燃料だ。豊富な燃料がなければ長い航海は続けられない。つまり人生の荒波を乗り越えていくには、強いモチベーションと多大なエネルギーが必要だということだ。

しかし世の中には、ただ海に船を浮かべるだけで、行き先も決めず、潮の流れと風にまかせて漂っているだけ、という人もいる。これは航海とは言えないし、もはや船でもない。

勝負

勝利が
尊いものでなければ、
誰が苦しい練習なんか
するもんか――。

『ボックス！』（講談社文庫）下巻二七二頁より

『ボックス！』に登場する顧問の高津耀子のモノローグである。

耀子は、苦しい練習を積んできた部員たちが、勝利を遂げる姿を見て感動する。

耀子は「勝つ」ということがどんなに素晴らしいことかということを初めて教えられたような気がした。勝敗よりも過程が大事という考え方もある。しかし勝利は過程以上のものだ。

右ページの言葉はこの後に続くモノローグである。

「結果よりも過程が大切」という言葉はよく聞く。たしかに過程も重要である。特に子供には、努力の大切さを教えるために、親や教師たちはそう言う。

世の中は決して優しくない。努力した末に達成できないときや、敗北してしまうときもある。うちひしがれる子供たちは努力のむなしさを感じるかもしれない。そんな彼らには、「君はよくやった。結果は得られなかったが、そこにいたる過程は立派だ」と言ってやりたくなる。

しかし、努力の末に成功を勝ち取った者、勝利した者は、それ以上の言葉で祝福されるべきだ。敗者がより素晴らしいということは決してない。

040

怖いと思えばこそ、
真剣になれる。

『影法師』（講談社文庫）一〇〇頁より

『影法師』は、幼い頃から友情を育んできた二人の侍の、光と影を描いた物語だ。右の言葉は、百姓一揆を前にして、主人公の少年、戸田勘一が震えているのを見て、父親代わりの双兵衛が言うセリフである。その前に二人はこういうやりとりを交わす。

「恥じることはない。儂も怖い。先程から、金玉が縮み上がっておるわ」

双兵衛はそう言って笑った。

「だがな、勘一、金玉がだらりと垂れておるようでは、肝の据わった斬り合いはできぬと心得よ」

この「怖い」というのは「緊張」という言葉に置き換えてもいい。

私はよくテレビに出たり、講演で喋ったりする。周囲の人からは「百田さんは、どんな場所でも全然緊張しないですね」と言われるが、とんでもない。緊張しないで、人前で話せるものではない。私はテレビでも講演でも、いつも真剣勝負と思って臨んでいる。真剣になれば、当然、緊張するし「怖さ」も感じる。また、それがなければ、面白い話なんかできない。もし「怖さ」も「緊張」もなくなったら、もうそんな仕事はする意味も価値もないと思っている。

本当のギャンブラーというのは
一か八かの大勝負を
経験した者ですよ。
小銭をいくら賭けたって
本物のギャンブラーじゃないですよ。

『幸福な生活』（祥伝社文庫）一七九～一八〇頁より

勝負

短編集『幸福な生活』の中の「賭けられた女」に出てくる言葉である。
世の中にはギャンブラーを自称する男が少なくない。しかしよく聞くと、モナコやラスベガスで何千万の大勝負をしたわけではなく、競馬、競輪、競艇、パチンコが好きなだけというのがほとんどだ。こういうのはギャンブラーとは言わない。小銭を使って、わずかなスリルにドキドキしているだけの小市民である。本当のギャンブラーは、負ければ全財産を失うという全身が総毛立つ大勝負をする男である。ラスベガスで一回の勝負に莫大な金を賭ける中東の石油王たちも、そういう意味では真のギャンブラーではない。たとえ何億円すろうと、彼らにとってはたいした金ではないからだ。かといって、その月の生活保護費を一気に賭けるという馬鹿もギャンブラーなどではない。

本当のギャンブラーは金など賭けない。彼らが賭けるのは「人生」だ。アメリカ大陸を発見したコロンブス、桶狭間で今川義元を急襲した織田信長、どれだけ金を積まれても映画『ロッキー』の台本を売らなかったスタローンなど、歴史上でも現代の社会でも、「人生のギャンブル」に勝った者はいくらでもいる。

身近にも、安定した会社を辞めて起業して成功した者がいる。もちろん、その後ろには、賭けに敗れて散っていった者たちも大勢いるだろう。しかし小銭を賭けて一喜一憂している男にはやれないことだ。

芸は日頃から
磨いておくもの。
戦いの前に
慌てて勉強して
何になる。

『幻庵』（文藝春秋）下巻三五二頁より

『幻庵』に登場する若き天才、本因坊秀和《しゅうわ》のセリフである。

彼は一門の存亡が懸かった大一番を前にして、碁盤に向かうことなく遊郭に入り浸った。それを諫《いさ》めた者に向かって言い放ったのが右の言葉である。

彼は強敵を前にして、今更付け焼刃のような勉強をしても無意味と悟る。むしろ勝負にマイナスになるような心境を排除すべく、紅灯の巷に通ったのだ。

受験勉強もそうだが、一夜漬けの勉強が功を奏することはまずない。真の実力がないからというよりも、本番直前に慌てて何かをするという行動に、何よりも自信のなさが表れている。

勝負においては自信の欠如は一番のマイナスとなる。ここ一番では、むしろ何もせずに悠然と構えていられる者が、勝負を制することが多い。

五年に一度、ワルシャワで開かれる世界一のピアノコンペティション「ショパン国際ピアノコンクール」の出場者たちのほとんどは、本番の前日まで必死でピアノの練習をする。しかし優勝者や上位入賞者たちは、たいてい練習なんかせずにリラックスしているという。ワルシャワに乗り込む前に、すべての準備が終わっているのだろう。

これはコンクールに限らない。やれることは全部やった、後は運命にまかせるのみという心境になった者が、勝者への道を約束されている。

パンチをもらって
折れてしまうような
心では
ボクシングはやれません。

『ボックス！』（講談社文庫）下巻一三頁より

この言葉は、『ボックス！』に登場する金監督のセリフだ。

彼は顧問の高津耀子に、ボクシングは普通のスポーツとは違うということを説明する。運動神経とフィジカル（肉体）に恵まれている少年は、どんなスポーツをやっても成功するだろうが、ボクシングにおいては、強打を打ち込まれても耐え抜く肉体と精神力がなければ大成しないと言う。

これは実はボクシングに限ったことではない。普通のスポーツを「学校」、ボクシングを「社会」と置き換えてもいい。学校では頭のいい子がそれなりに努力をすれば、いい成績を取れる。しかしそうした優等生が社会に出て成功するとは限らない。最初から出題範囲が決められているペーパーテストは、見ようによっては甘い世界である。

社会は決して甘くはない。世の中には私たちを打ちのめす敵がいくらでもいる。パンチは四方八方から飛んでくる。その中の一発のパンチを受けただけで、いっぺんにダメになる若者はいくらでもいる。

厳しい社会で戦っていくために何より必要なのは、耐久力である。たとえダウンさせられても、テンカウントを数えられる前に立ち上がることができる勇気だ。そのタフネスがあれば、決して敗れることはないだろう。

軍令部の連中にとったら、
艦も飛行機も兵隊も、
ばくちの金と
同じだったのよ。

『永遠の0』（講談社文庫）四八七頁より

『永遠の0』に登場する零戦の搭乗員、景浦のセリフである。

「軍令部」というのは、大日本帝国海軍の最高司令機関である。戦後はやくざになった景浦は、戦争中の軍令部の作戦を非難する。彼はこのセリフの後に、こう続ける。

「勝ってる時は、ちびちび小出しして、結局、大勝ち出来るチャンスを逃した。それで、今度はじり貧になって、負け出すと頭に来て一気に勝負。まさに典型的な素人ばくちのやり方だ」

景浦の言うように、帝国海軍も帝国陸軍も、アメリカとの戦いにおいて、優勢な状況のときに常に全力を投入しなかった。資源のない国だからやむを得ないと弁護する意見もあるが、戦争の後半、劣勢な状況で勝ち目がないのに、全力を投入するのは一貫性がない。素人ばくちと揶揄されても仕方がない。

最も腹立たしいのは、軍令部や大本営の参謀に、兵士が使い捨てられたことである。人の命は、ばくちの金ではない！

相手の剣の届くところに
身を置かねば、
自分の剣もまた届かない。

『影法師』（講談社文庫）七六頁より

『影法師』に登場する剣術の道場主の言葉である。

誰だって真剣で戦うときは、傷を負わずに勝ちたいと思うだろう。しかし敵の剣が届かないところで、いくら剣を振り回しても、相手を斬ることはできない。相手を斬ろうと思えば、敵の剣の間合いに自ら入らなければならない。

これはあらゆる勝負に言えることではないかと思う。株でも競馬でも大きく勝とうと思えば、大きく張らないといけない。ビジネスも同様。人と同じことをやっていては、大きな失敗もしない代わりに、大成功もない。

結局、自分が傷つくおそれが一つもない状況では、所詮、大きな勝利を得ることはできないということだ。

これはビジネスや金儲けに限らない。人間関係や恋愛においても同じである。相手の懐に深く飛び込んでこそ、本物の人間関係が築かれるし、恋も成就する。嫌われることを恐れてばかりいて、大事な一歩を踏み込めずにいては、何も生まれない。

好きな手と打たねばならぬ手は別ではないか。

『幻庵』（文藝春秋）下巻一六七頁より

これは『幻庵』に登場する林元美《はやしげんび》という碁打ちの言葉である。

碁界最高の地位である「名人碁所」を目指す本因坊丈和《じょうわ》に対して、元美はある謀《はかりごと》を提案する。しかし、碁打ちの矜持ゆえ、素直に受け入れる気になれない丈和を、元美は右の言葉で説得する。

元美の言うように、碁打ちには「好きな手」というものがある。それは自らの感性に従った手である。あるいは「読める手」である。別の言い方をすれば、「楽な手」とも言える。碁は好きな手だけを打って勝てるものではない。一局の中には、何度か、嫌な手、苦しい手を打つ必要がある。それが勝負である。

人生もまた、好きな手だけを打ってはわたっていけない。碁と同様、楽なことだけして幸せになれるほど安易なものではないからだ。敢えて、嫌な手、苦しい手を選ばねばならないときがある。

それは時として、長く苦しい状況を招く手であるかもしれないし、自らの誇りを傷つける屈辱の手であるかもしれない。それだけに、そんな手を打つときは勇気が必要となる。

勝負には、この一番というものがござる。

『幻庵』（文藝春秋）上巻一七三頁より

勝負

『幻庵』には江戸時代に活躍した多くの碁打ちが登場する。彼らは生涯に何百局という碁を打ったが、当然、一局一局の重みは同じではない。負けてもさほど痛手にならない碁もあれば、「負けは死に等しい」という碁もある。

これは碁の世界に限らない。かつて中国の覇権を争った項羽と劉邦は、百回戦って、九十九回項羽が勝ったという。しかし項羽は最後の戦いで敗れて、何もかも失った。

現代のスポーツの世界も同様で、そのプレーヤーの一生を左右する大勝負というものがある。勝つと負けるとでは人生が天と地ほど変わってしまうような一番だ。オリンピックとローカル大会ではまったく重みが違う。

私たちは国を懸けて争う英傑でもなければ、オリンピックに出るようなアスリートでもないが、それでも、人生の中で「ここ一番の大勝負」はあるような気がする。「人生は十勝九敗でいい」という人もいるが、ここ一番を制することができれば、一勝十八敗でもいいのだ。

逆に大事な一番で勝てないなら、十八勝一敗でも敗北の人生かもしれない。大事なことは、「この一番!」を見極めることだ。そして、そこにすべての力を注ぐことができるか、だ。

一度自分の主張を
下げれば、
あとはずるずると
後退するものよ。

『錨を上げよ』（講談社）下巻三一九頁より

『錨を上げよ』に登場する又三の恋した女性のセリフである。

物語のある場面で、又三は妥協してはいけないところで妥協し、その結果、どんどん追い込まれる。右の言葉はそんな又三を見て、女性が言ったセリフだが、彼女はさらにこう続ける。


「気が付いた時にはもう二度と自分を取り戻せなくなる。自分の生き方の最低線をどこに引くかはとても大事なことだと思うわ」


実際、人間関係においても、ビジネスにおいても、譲ってはならない線を譲ると、歯止めがきかなくなり、ずるずると後退してしまうということは珍しくない。

妥協はたやすい。しかし時には歯を食いしばって踏みとどまらなければならないことがある。それを譲ると自分を失う。

これは国家間でも同じである。日本は韓国や中国からの謂れなき非難と謝罪要求に屈し、ずるずると後退し、挙句にっちもさっちもいかない状況に陥ってしまった。

小説と小説家

小説家というのは
ぶっちゃけて言えば、
「面白い話をするから、
金をくれ！」
という奇妙奇天烈な仕事だ。

『夢を売る男』（幻冬舎文庫）一九六頁より

『夢を売る男』は作家を夢見る素人を口八丁手八丁で丸め込み、大金を出させて本を出版させる悪徳出版社が舞台のブラックコメディーだ。主人公の牛河原編集長はかつて一流の文芸出版社の編集者だった。右の言葉は、牛河原が新人の荒木に言ったセリフである。

彼は右のセリフの後に、延々と持論を述べる。

「人は皆、ワクワクする話、ドキドキする話を聞きたいと思っている。人類は大昔から物語を欲してきたんだ。人類がまだ文字を持たなくて、洞窟の中で暮らしていた時代——(中略)狩りが終わった夜、大勢で洞窟の中で肉を焼いて食べている時、そこには必ず面白おかしい話をする男がいたはずだ。皆は夢中になってそいつのホラ話を聞いたと思う。そいつはきっとそんな話をいくらでも語ったに違いない。で、肉にもありつけた」

「何も事件が起こらない平凡な一日の話や、女房と交わした何でもない会話や、自分の悩みごとみたいな話をしても、喜んで聞く者は誰もいなかっただろう」

しかしなぜか現代では、そういう何も事件が起こらない平凡な日常を描く小説家が少なからずいる。しかし当たり前だが、そんな本のほとんどはベストセラーにならない。

百年前はテレビも映画もなかった。
その頃はおそらく、小説は人々の
大きな娯楽の一つだった。
しかし二十一世紀の現代に、
小説を喜んで読む人種は希少種だ。
いや、絶滅危惧種と言ってもいいな。

『夢を売る男』(幻冬舎文庫)一七五頁より

これも『夢を売る男』の主人公、牛河原編集長が新人の荒木に語るセリフの一節である。

彼はこうも言っている。

「テレビをつけたら、小説よりもずっと面白い番組が二十四時間いつでもやっている。ハリウッドが何百万ドルもかけて作った映画が無料で見られるんだ。イケメン俳優や美人女優が出演するドラマも無料。お笑いタレントのコントや漫才も無料。インターネットにはユーチューブだってある。そんな時代に高い金出して、映像も音楽もない『字』しか書いていない本を誰が買う？」

実際、現代の小説家は昔の小説家に比べて、めちゃくちゃ大きなハンデを背負って戦っている。敵は同業者ではない。テレビ、映画、インターネット、音楽、ゲーム、スポーツ中継――。

人は八時間寝て、八時間働き、約二時間を通勤に費やし、残りの時間で三食食べて、風呂に入り、雑用をこなす。余暇などほとんど残っていないが、その残り少ない時間を前述の様々なメディアが奪い合う。その中で「文字」だけで表現しなければならない小説で勝負するのは、半ば絶望的な戦いである（笑）。

「前から疑問に思っていたのですが、
いい文章の基準って何ですか？」
「読みやすくてわかりやすい文章だ。
それ以上でも以下でもない」

『夢を売る男』（幻冬舎文庫）二二五頁より

この会話も『夢を売る男』の牛河原編集長と荒木のやりとりである。牛河原はその後にこう断言する。

「文章というのは感動や面白さを伝える道具にすぎん。つまり、読者をそうさせることに成功した作品なら、その文章は素晴らしい文章ということなんだ」

世の中には、「作品は面白いけど文章が下手だな」と、上から目線で得々と語る人が少なくない。

しかし牛河原に言わせれば、「(その小説を)面白いと感じたなら、その文章は下手ではない」ということになる。

逆にいくら美文を連ねても、その物語が少しも読者を夢中にさせず、また感動もさせないなら、その文章には何の意味もないということになる。

もっとも世の評論家の中には、顕微鏡を覗くように文章を読む人もいるし、また作家にしても、物語より美文に夢中になっている人もいる。大事なことは物語のダイナミックさだということがわかっていない。

書評家や文学かぶれの
編集者が言う
文学的な文章とは、
実は比喩のことなんだ。

『夢を売る男』（幻冬舎文庫）二二六頁より

これも『夢を売る男』の牛河原編集長と荒木の会話の中に出てくる言葉である。牛河原は続けて次のように説明する。

「単に『嫌な気分』と書くのではなくて、『肛門から出てきた回虫が股ぐらを通って金玉の裏を這《は》い回っているような気分』などと書くのが文学的な文章というわけだ」

「(メタファーとは)暗喩《あんゆ》とか隠喩《いんゆ》とか呼ばれるもので、つまりある事象を描きながら、実は別のあることを表現しているといったものだ。しかしすぐにそのことがわかってはいけない。文学的な素養に溢れたレベルの高い読み手が、じっくり考えた末にやっとわかるくらいの難しさが必要だ。この難易度が高いほど高尚《こうしょう》な作品と言われる」

「何ですか、それは」荒木が呆れたような顔をした。「パズルですか」

実際、芥川《あくたがわ》賞受賞作の中には、何を書いているのか意味不明の小説がたまにある。パズルが高尚すぎて、ほとんどの読者に解けないのだ。それを解けるのは、一流の書評家だけかもしれない。

053

書評家という奴は、絶対に弾が飛んでこないシェルターから銃を撃ってる。

『夢を売る男』（幻冬舎文庫）二三一頁より

『夢を売る男』の牛河原は書評家という人種を毛嫌いしている。彼はこう言う。

「飲み屋に行くと、キャッチボールもできないようなオッサンが、大リーグに行くような選手のプレーを見て、今の打ち方はおかしいとか偉そうに評論してるぞ」

しかし彼はクリエイターという人種には、ある種の敬意を抱いている。

「作品を世に出すということは、非難や罵声の銃弾が飛び交う戦場に出て行くということだ。下手な作品を書こうものなら、集中砲火を浴びる」

もっともその後に皮肉っぽくこう続ける。

「自分の小説を他人に読ませるなんて、まともな神経じゃない。まさにクソ度胸だよ」

彼が何よりも嫌悪するのは、作品をこきおろすことで悦に入っている書評家だ。

「書評家の中には、人の作品をボロカスにけなすことをウリにして金を儲けてる奴もいる。戦場で戦っている作家の背中を後ろから狙ってな。絶対に撃ち返されないのを知っていやがるからタチが悪い」

自分しか面白がらない
小説なら誰だって書ける。
難しいのは、多くの人が
喜ぶ小説を書くことだ。

『夢を売る男』（幻冬舎文庫）二二九〜二三〇頁より

『夢を売る男』の牛河原はかつて長らく文芸出版社の編集者を務めていただけに、小説家に対する言葉はきつい。特に「売れない小説」を出版して、出版社に利益をもたらさない作家、あるいは赤字ばかり出している作家に対しては、非常に辛辣である。

「ノンフィクションや学術書なら売れなくても出す意味はあるかもしれん。しかし売れない小説なんて、出す意味がどこにある。それがエンタメなら存在価値はゼロだ」

私自身は小説家だが、実は小説家など世の中になくてもいい職業だと思っている。なくなったって誰も生活には困らない。ただ、もし存在価値があるとするなら、それが現代社会のビジネスとして成り立っている場合だ。つまりそれを求めている読者が多数いるということだ。だからこそ、表現者やクリエイターはひとりよがりになってはいけないと思う。ひとりよがりでも売れればいいが、売れない場合は自己を見直すべきだ。売れないのは、読者のせいではない。作品のせいである。

これはすべてのビジネスに通じることだと思う。商品を作る仕事も、システムを作る仕事も、またすべてのサービス業がそうだ。それを必要とする人がいない商品やシステムやサービスは、存在する意味がない。出版社の好意に甘えている作家はプロではない。

有名な作家ほど
貪欲《どんよく》なもんだ。
どんな形でも、
どんな売り方でも、
一冊でも売りたいというのが
作家だ。

『夢を売る男』（幻冬舎文庫）二一四頁より

これも『夢を売る男』の牛河原の言葉である。

一発屋は別にして、長年ベストセラーを出し続けている作家で、無欲な者など一人もいない。

カバーデザインの選択に頭をしぼり、帯の文章にこだわり、さらにページ数や本の価格まで考える。また刊行のタイミングにまで頭を巡らせる。

なぜ、そこまでするのか――。作家は一人でも多くの読者に読んでもらうために書いているからだ。その目的のために必死になるのは当然と言える。

もちろんそんなことには無頓着な作家も多い。中には、「俺は売れようと思って書いてはいない」とのたまう作家がいる。本当に売れようと思っていないなら、ブログにでも書けばいいと思うのだが、そんなことをするプロの作家はいない。

しかし実際のところ、カバーや帯を工夫したところで、売れ行きはさほどは変わらない。帯で当たってベストセラーになったとしても、本の内容がしょぼければ、それ以降は読者は急速に離れていく。

つまり貪欲な作家が何よりも必死になっているのは、「本の内容」である。彼らは何よりも、「読者を満足させたい！」という思いで書いている。そのためにいかに面白い物語を書くかに腐心している。それに成功したのがベストセラー作家と呼ばれる存在なのだ。

作家は生きている間が勝負だ。小説なんてもんは、作家が死ねば九十九パーセント以上が消えるんだ。

『夢を売る男』（幻冬舎文庫）二一七頁より

『夢を売る男』の牛河原編集長は、「後世に残る作家というのは、生きているときに売れている作家から選ばれるんだ」と断言する。彼はその理由をこう語る。

「後世に評価されるよりも、現代で売れたり評価される方が百倍も易しいんだ。それさえできない作家が死んでから残るなどということはあり得ない。漱石も鷗外も芥川も現役時代は売れっ子作家だった。平成の世に甦って爆発的に売れた『蟹工船《かにこうせん》』にしても、当時のベストセラーだ。生前は無名だったが死んでから評価されるなんてのは、認められる前に天逝《ようせい》した作家くらいだ」

彼の語る「夭逝した作家」の代表が宮沢賢治だ。宮沢賢治の作品で生前に刊行されたものはほとんどない。代表作『銀河鉄道の夜』も『風の又三郎』も、死後に発表されたものだ。もしあと数年長生きしていたら、生前にベストセラー作家になっていただろう。

生きているうちに何冊も本を出し、認められる時間をたっぷりと与えられていながら、なお売れなかった作家は、死後には確実に忘れ去られる。

しかし「自分だけが——」と悲観することはない。売れている作家も死後はほとんどは消えるからだ。もちろん私も消える。

世の中

057

才能は金のある世界に集まるんだ。

『夢を売る男』（幻冬舎文庫）一七六頁より

『夢を売る男』の牛河原編集長の言葉である。彼は右のセリフの後にこう続ける。

「現代ではクリエイティブな才能は漫画やテレビ、音楽や映像、ゲームに集まっている。小説の世界に入ってくるのは、一番才能のない奴だ。金が稼げない世界に、才能のある奴らが集まってくるはずがない」

私は三十年近くテレビ業界にいて、五十歳を超えてから文芸の業界に入った。テレビにもひどい番組はいくらでもあるし、文芸にもひどい作品はいくらでもある。両者ともに下のレベルはたいして変わらない。ただ、面白い作品、世間の人をあっと言わせる作品、社会的な影響力のある作品となってくると、これはもう圧倒的にテレビの勝ちである。同様に、漫画もゲームも文芸の世界を大きく引き離している。

それはなぜか——トップクラスに集まる、才能を持つ人間の数が全然違うからだ。才能は金のある世界に集まる。スポーツの世界も同じだ。日本のサッカーは長年ワールドカップに出場できなかったが、Jリーグが誕生し、スター選手になれば大金が稼げるようになると、あっという間にワールドカップの常連国になった。

金の力は恐るべし、である。

誰もが最初は素人《しろうと》だ。

『海賊とよばれた男』（講談社文庫）上巻五五頁より

『海賊とよばれた男』は、出光興産の創業者、出光佐三《いでみつさぞう》（作中では国岡鐵造）をモデルにした歴史経済小説である。右の言葉は、戦後、本業の石油を扱えなかった国岡商店（出光興産）に、ラジオ修理の仕事を持ち込んできた元海軍大佐の藤本に向かって、鐵造が言ったセリフである。

藤本は職のない海軍の部下たちを国岡商店で雇ってもらうためにこの提案をしたのだが、鐵造は、藤本をラジオ部門のトップに据えると言った。ビジネス経験のない藤本は断るが、鐵造は「これを計画したのは君だ。作戦を立てた者が前線に立つ覚悟がなくて、どうして人がついてくるのか」と一喝する。しかしなおも尻込みする藤本に、鐵造は言う。

「帝国海軍も聯合艦隊も今はない。君の人生は、もう海軍にはないのだ。君が軍人上がりで商売の素人であるなら、これから玄人《くろうと》になればよかろう。それともアメリカとは戦えても、商売の戦いは怖いのか」

藤本はその言葉を聞いて腹をくくる。

私は五十歳で小説を書き、文芸の世界に飛び込んだ。右も左もわからない世界だったが、どんな世界にも、初めから玄人の者はいない。読者の皆さんも、未知の世界に飛び込むことを恐れる必要はない。

「マリア、これが世界ね。
素晴らしいわ」
「でも、油断しないで。
世界は危険で満ちている」

『風の中のマリア』（講談社文庫）八二頁より

『風の中のマリア』の主人公マリアとその妹エルザの会話である。成虫のマリアがエサを与えて育てた幼虫の妹のエルザが、羽化して初めて地中の巣から飛び立ち、世界を見る場面である。

生まれてからずっと真っ暗な地中の巣で生きてきたエルザにとって、光り輝き、緑に覆われた世界は、最高に美しいものだった。

しかしその世界は同時に危険に溢れており、一瞬の油断が命取りになる恐ろしいところだ。小さな昆虫のオオスズメバチにとって、「世界」は、常に死と隣り合わせで危険に満ちている。

だが、実は人間にとっても「世界」は決して安全ではない。国民が安全を享受できているのは一握りの国だけである。平和が保たれた先進国では、一見、「危険」は日常から排除されているように見える。しかしそれもまた錯覚だ。私たちの周囲には常に危険が潜んでいる。

国際社会も同様だ。平和の裏には常に戦争の危機がある。それを忘れた国家には、悲劇が待っている。

マルクスは偉大な経済学者だった
かもしれないが、
社会学者としては二流だったし、
心理学に至っては
まったくの無知だった。

『錨を上げよ』（講談社）下巻五三六頁より

『錨を上げよ』に登場する世捨て人の影山が主人公に語るセリフの一節である。

マルクスが生み出した「共産主義」は二十世紀を席巻したが、同時にどれほどの虐殺と弾圧を招いたか計り知れない。スターリンと毛沢東が殺した人間の数は、史上一、二位を争う。悪の権化とも言えるヒトラーでさえも二人には遠く及ばない。

ポル・ポトは数の上ではスターリンや毛沢東にまったく敵わないが、自国民を虐殺した比率は断トツだ（少なく見積もっても五人に一人。三人に一人は殺されたと言う学者もいる）。

いずれも理想の国を目指したはずが、人民にとっては最悪の国家となったわけだ。

スターリンや毛沢東の罪までマルクスに着せるつもりはないが、人類には共産主義国家を運営できる能力がないということに、彼はまったく気付かなかった。

共産主義国家になった途端、資本主義以上の腐敗が進み、帝国主義以上の権力の集中が起こる。しかも人類がそれまで経験したこともないような恐ろしい虐殺と弾圧が始まるのだ。こういったシステムや人間の心理について、マルクスはまったくの無知だった。

囲碁においても
大きな傷（弱点）を
残したまま
打つことはできぬ。

『幻庵』（文藝春秋）下巻四〇八頁より

これは『幻庵』の主人公、幻庵が幕末における江戸幕府の右往左往ぶりを見て、慨嘆したモノローグだ。

当時の状況から、いずれ異国から開国要求を突き付けられる日が来るのはわかっていながら、何の手も打たず、いざ黒船が来ると、江戸幕府は決断ができずに、ペリーに「一年間の猶予」を請うた。

幻庵はその様を見て、幕府は、大きな傷を放置したまま打ち続けた素人碁打ちであると見做したのだ。彼のモノローグは続く。

「傷を残して打つ場合もないではない。その場合はそこを打たれた場合にどう応じるかは考えておかねばならぬ。敢えて放置して打ちながら、いざその傷を狙われて慌てふためくようでは、一人前の碁打ちとは言えぬ」

しかし私はこのときの江戸幕府を嗤《わら》えない。というのも、私自身がまた多くの傷を放置して生きてきたからだ。いずれ時が来れば厄介なことになるのがわかっていながら、実際にその時が来て、慌てふためいたことが幾度あったかしれない。

また、今の日本政府も江戸幕府を嗤えるのだろうか――と思う。

夢を見るには
金がいるんだ。

『夢を売る男』（幻冬舎文庫）三〇三頁より

『夢を売る男』の主人公、牛河原編集長の言葉である。

彼は作家を夢見る素人に甘い言葉を口にして、大金を出させて本を刊行する。もちろんそんな本は絶対に売れない。しかし彼は少しも悪びれたところがない。彼には、客に夢を見させてやっているという自負があるからだ。

牛河原は部下の荒木にこう嘯《うそぶ》く。

「ある種のタイプの人間にとって、本を出すということは、とてつもない魅力的なことなんだよ。自尊心と優越感を満たすのに、これほどのものはない」

「しばらくはベストセラーになるかもしれないという夢も見られるんだ。生涯で滅多に味わえない楽しい気分を満喫できる」

「たしかに彼女はあの本を出すにあたって多くのお金を使った。しかし、払ったお金以上の満足と幸福感を味わったはずだ」

そして彼は最後にこう言い放つ。

「海外旅行に行くのも金がいる。いい服を着るのも金がいる。うまいものを食うのも金がいるんだ。金のかからない夢は、布団の中でしか見られないんだよ」

私たちは
姉たちから受けた恩を
妹たちに返さなくては
いけないわ。

『風の中のマリア』（講談社文庫）一一〇頁より

『風の中のマリア』に登場するオオスズメバチのワーカー（働き蜂）は、すべて一匹の女王蜂から生まれた姉妹である。彼女たちはメスでありながら、一生、交尾も産卵もせずに、羽化して三十日という短い生涯を巣の運営に捧げる。

幼虫時代のワーカーは姉にあたるワーカーからエサを与えられて育つ。そして羽化して成虫になると、今度は野山を飛んで虫を狩り、妹のワーカーたちにエサを与えて育てる。最初は経験不足でも、やがてベテランのワーカーに育っていく。

オオスズメバチの巣の寿命は約半年だが、その間に、このサイクルが何度も繰り返される。ワーカーたちはこうして世代交代しながら、巣を繁栄させていく。

これは人間社会における会社組織に似ている。サラリーマンは入社すると、先輩たちに仕事を教わり、やがて中堅社員に育ち、会社の戦力となっていく。やがて管理職になり、若い社員たちを教育していく。そして、やがて定年を迎えると、静かに会社を去っていく――。

会社だけでなく、国全体を見ても、そういうサイクルで動いているのがわかる。私たち人間社会も、長いサイクルで見れば、オオスズメバチの巣となんら変わるところはない。

そのことに思いを馳せると、私もまたオオスズメバチのように、親や周囲の人に育ててもらったのと同じことを、下の世代にしなければならないと思う。

064

愚痴をやめよ。

『海賊とよばれた男』（講談社文庫）上巻一九頁より

これは『海賊とよばれた男』の主人公、国岡鐵造が昭和二十年の八月十七日に、社員たちに述べた訓示の冒頭の言葉である。

前述したように、国岡鐵造のモデルは出光興産の創業者、出光佐三である。彼はポツダム宣言受諾の玉音放送を栃木県の松田（現・足利市）で聞く。ただちに東京本社に戻ると、呆然とする社員たちに、「今日は家に帰れ」と言い、「二日後に、再び集まれ」と命じる。

そして十七日に集まった社員たちに向かって、開口一番、「愚痴をやめよ」と告げた。彼はその後に次のように続けた。


「愚痴は泣きごとである。亡国の声である。婦女子の言であり、断じて男子のとらざるところである」


このときの長い訓示の自筆原稿が残っている。私はそのコピーを見たとき、雷に打たれたような気持ちになった。これが戦争に負け、一代で築き上げた会社資産のすべてを失った六十歳の経営者（当時の日本人の平均寿命は五十歳）が語る言葉だろうか、と思った。ここには不屈の闘志がある。そして日本はこの精神で戦後の復興を遂げたのだ。

人生も同じである。失敗や挫折を経験したとき、愚痴や泣きごとを口にしても、何も生み出さない。

今日、この国ほど、自らの国を軽蔑《けいべつ》し、近隣諸国におもねる売国奴的な政治家や文化人を生み出した国はない。

『永遠の0』（講談社文庫）四二五頁より

『永遠の0』に登場する元特攻隊員の武田が新聞記者と議論したときに出たセリフである。このとき新聞記者は、戦後、自分たちジャーナリストは戦前の狂った愛国心を是正することに成功したと豪語する。それを聞いた武田は激怒して、こう言う。

「戦後多くの新聞が、国民に愛国心を捨てさせるような論陣を張った。まるで国を愛することは罪であるかのように。一見、戦前と逆のことを行っているように見えるが、自らを正義と信じ、愚かな国民に教えてやろうという姿勢は、まったく同じだ。その結果はどうだ——」

右のページの言葉は、この後に飛び出したものだ。

しかし実はこの新聞記者が気付いていないことがある。それは日本人に「愛国心を捨てさせる」政策を行なったのは、連合国軍最高司令官総司令部（GHQ）だということだ。彼らは日本人に徹底したウォー・ギルト・インフォメーション・プログラムを施し、自虐思想を植え付けた。NHKラジオで日本の罪を毎日のように放送し、すべての出版物を検閲して、自分たちに都合のいいものしか読ませなかった。悲しいことに、多くの新聞社は占領が終わって六十年以上経っても、その洗脳が解けていないのである。

現代人の
不幸と苦悩の多くは、
「生きること」と
「仕事」と「愛」が
ばらばらになって
しまったことだ。

『錨を上げよ』（講談社）下巻六〇七頁より

これは『錨を上げよ』に出てくる世捨て人の影山の言葉だ。本文では、彼から聞いたその言葉を、作田又三がかつての恋人に語る。

「たとえば昔は、生きるということが人生の最大目標やったわけや。つまり働くことが生きることであり、またそれ自体が喜びであり、誇りであり、同時にそれが家族への愛の行為になっていたんや。ところが現代の繁栄は——これはあくまで先進国社会に限ってやけど——ぼくたちを生きることの闘争から解放した。で、その結果、ぼくたちは生き方を選択できるようになり、職業を選択できるようになり、愛する人を選択できるようになったというんやな。でも、この貴族的とも言える自由に、逆に多くの人が混乱して自分を見失っている——つまり生活も仕事も愛も、何一つ確信を持って摑むことができないでいる。

生きることが何よりの大事であった時代は、逆にそれだからこそ家族と愛する人が人生の何よりの拠りどころであり支えになっていた。ところが今や、家族の結びつきが最も弱くなった時代がやって来たって——。現代ではもはや夫婦は単なる男女の結びつきにすぎなくなったっていうわけや」

この小説を書いたのは三十年以上前だが、現代人の苦悩はさらに大きくなった気がする。

わが社には、
何よりも素晴らしい財産が
残っている。
一千名にものぼる
店員たちだ。

『海賊とよばれた男』（講談社文庫）上巻二六頁より

『海賊とよばれた男』の主人公、国岡鐵造のセリフであるが、これも出光佐三が実際に語った言葉である。

出光興産は戦後、会社資産のほとんどをなくした。しかも石油小売業者でありながら、石油を扱うことはできなかった。重役たちは社員のリストラを提言するが、佐三は一切耳を貸さなかった。社員は一人も首にしないと宣言し、実際に、私財を擲《なげう》って、社員たちに金を送り続けた。

佐三は創業時から、「社員は家族と同然である」という信念で会社を経営してきた。そして戦後の最も厳しい時期に、それを実践したのである。出光興産がその後、多くの試練を乗り越えることができたのは、会社のために命を懸けた社員がいたからだ。

悲しいことに、現代の経営者の多くは、社員は資産ではなくコストと考えている。経営が悪化したときに、多くの経営者が真っ先に行なうのは、資産の不動産や会社設備の売却ではなく、社員のリストラである、

かつての「終身雇用」は日本企業の悪しき伝統と言われ、進歩的ジャーナリストや評論家などの批判の的となってきた。そのせいか、現代の日本では終身雇用のシステムは壊れつつある。ところが近年これを採用して成功している海外の企業が増えているという。

日本の良さを一番わかっていないのは、実は日本人なのかもしれない。

店員は家族と同然である。
社歴の浅い深いは関係ない。
君たちは
家が苦しくなったら、
幼い家族を切り捨てるのか。

『海賊とよばれた男』（講談社文庫）上巻二七頁より

これは前ページの場面の続きで語られる国岡鐵造のセリフである。「一人も首を切らない」と宣言した鐵造に、重役たちは「社歴の浅い社員には辞めてもらうのはどうでしょうか」と提案する。このとき、鐵造は重役たちを一喝した。それが右のページの言葉である。これまた実際の出光佐三の発言である。物語の後半に、鐵造がアメリカのパーティーでスピーチする場面があるが、聴衆の一人からこう訊かれる。

「社員は家族と言われるが、なかには出来の悪い社員もいるはずだ。会社に利益をもたらさない者が出たら、どうするのだ」

これに対して鐵造はこう答えている。

「国岡商店も現在は店員が三千人を超えた。それくらいの数になると、はっきり言って、出来の悪い店員も出てくる。これは仕方がない。どこの家でも、家族の中にひとりくらいは出来の悪いのがいるだろう。（中略）しかし、出来が悪いというだけで家族の縁を切ることがないように、国岡商店も首にはしない。むしろ、そういう店員をいかにして教育していくかということが会社の使命ではないかと思っている」

これも実際に佐三が述べた言葉である。

百姓だけじゃない。漁師だってやる。
なんだってやるんだ。
君たちに命じる。
ありとあらゆる仕事を探せ。
選《よ》り好みするな。すべての仕事が
国岡商店の建設のためになり、
日本のためになると心得よ。

『海賊とよばれた男』（講談社文庫）上巻三四頁より

これも『海賊とよばれた男』の国岡鐵造の言葉である。

石油小売業者でありながら石油を扱えない国岡商店は、あらゆる仕事を見つけて戦後の厳しい時代を乗り越えていく。

農業、漁業、印刷業、ラジオ修理――これは実際に国岡商店のモデルとなった出光興産の社員たちが、戦後、佐三の命令のもとに行なってきた仕事だ。

戦後七十年以上が過ぎた現代、大学卒の新入社員の三割が、三年以内に会社を辞めるという。また定職にも就かずにプータローのような生活を送る若者も少なくない。彼らは「仕事がないから」と言うが、これは真実ではない。彼らの言う仕事とは「自分がやりたい仕事」という意味だ。

仕事は趣味ではない。好きなことをして金を貰おうというのは、図々しいにもほどがある。たとえば戦後、日本を立て直した男たちの中に、好きな仕事や自分のやりたい仕事に就けた者がはたしてどれだけいたのか。皆、自分や家族を食わせるために、好きでもない仕事を一所懸命にやってきたのだ。誰もがアーティストやスポーツ選手にはなれないのだ。

出光興産の男たちもまた、自分のため、家族のため、そして会社のためにあらゆる仕事をこなした。戦後の日本の復興はそうした「働く男たち」の総和で成し遂げられたものだ。

世の中には何でも
枠があるんだ。
当たりの枠、
はずれの枠だ。

『錨を上げよ』（講談社）下巻六〇頁より

これは『錨を上げよ』に登場するパチンコ店の社長が、作田又三に向かって説くセリフだ。彼はさらに続ける。

「誰かが当たりの枠に飛び込んだとしても、それは偶然にすぎん。そいつが入らなきゃ、別な誰かが入っている。たとえば総理大臣にしても同じだ。日本国の首相になるには偶然と幸運でできた針の穴のような細い道を通らなければならないと思われてる。しかしそいつがいなければ、首相の枠は空いたままなんてことはないんだ」

「レコード大賞歌手もそうなら、囲碁の本因坊だって、ダービー馬だってそうだ。さらに言うなら、しばしばカリスマと呼ばれるスーパースターの存在もそうだ。たとえば美空ひばりだってそうなら、長嶋茂雄だってそうなんだ。彼らがいなければ、彼らに代わる別な超人気者が生まれていたことは間違いない。なぜなら彼らは時代が要求した存在だったからだ。そういう意味ではシーザーやナポレオンや徳川家康といったところも同じなんだ。彼らもまた非常に特異な時代が生み出した稀有《けう》な枠の中に飛び込んだ存在にすぎないんだ。坂本龍馬やヒトラーだって同じことだ」

この後、彼は枠とは離れた存在があると言う。それは次のページで。

世の中にはすべてが
代わりのあるもの
ばかりじゃない。
唯一無二の仕事をなすために
生まれてきた人たちがいる。

『錨を上げよ』（講談社）下巻六一一頁より

これは前のページに登場した『錨を上げよ』のパチンコ店の社長が語ったセリフの後半である。彼の言葉を聞いた作田又三は、それは「芸術家と学者」だと答える。
それを受けて社長はこう語る。

「その通りだ。科学者と芸術家だ。彼らには代わりはいない。その存在自体が唯一のものだ。ガリレオの代わりを考えられるか。ニュートンの仕事を誰が代わってできた。アインシュタイン以外に相対性理論を考えた者がいるだろうか。もちろんどんな天才だって、時間が経てば代わりの者は出ただろう。しかしそれは数十年あるいは数百年の後のことかもしれない。芸術家もそうだ。いや、ある意味でもっと顕著だ。紫式部がいなければ誰が源氏物語を書けたか。シェークスピアがいなければ我々はハムレットやリア王を読めたか。ベートーヴェンがいなければ、人類はあの偉大な第九を耳にできたか。彼らこそ真に唯一無二の偉大な存在だ」

さらに筆者から注釈を一つ。彼が語る唯一無二の芸術家は「偉大な天才」に限られる。私のような凡庸な小説家は、いつの時代にも掃いて捨てるほどいる。

ケーキを買いに来るお客様はみんな幸せそうな顔をしていた。

『輝く夜』（講談社文庫）一〇二頁より

これは『輝く夜』の第三話「ケーキ」のヒロイン、真理子のモノローグである。彼女は美容師として働いていたが、病気にかかり、指の後遺症のために復職を諦め、ケーキ屋に勤める。そこで毎日、幸福そうな顔をして来店する客を見て、心が温かくなる。ケーキを買う人には、それを食べる楽しいひとときが待っている。家族や恋人とともに過ごす素敵な時間があるのだ。あるいは、大切な人への贈り物かもしれない。一人で食べるにしても、何かのご褒美に違いない。

悩みを抱えている人や、家族仲の悪い人は、ケーキなど買わない。

文豪トルストイは『アンナ・カレーニナ』の冒頭で、「幸福な家庭はどれも似たものだが、不幸な家庭はいずれもそれぞれに不幸なものである」（岩波文庫・中村融訳）と書いたが、それにあてはめれば、ケーキを買う人はどれも似たような幸せを持っているのかもしれない。その反対に、ケーキなんか食べる気がしないという人は、それぞれ全然違った不幸な境遇にあるのだろう。

現代人は
肺呼吸の組織を持たずに
傲慢にも
陸上に進出してしまった
水生動物のようなものだ。

『錨を上げよ』（講談社）下巻五三七頁より

これは『錨を上げよ』に登場する世捨て人の影山が主人公に語ったセリフだが、実はこの直前に、ある考察を述べている。右の言葉はそれを受けての結論のようなものだ。そのセリフはこうだ。

「現代ではもっと厄介な問題が起こっている。科学の異常な進歩がそれだ。超ウラン元素の発明と核エネルギーの誕生、バイオテクノロジーの凄まじい開発、地球環境を変えてしまうほどの工業の発達などだ。あらゆることがもはや古い倫理や社会観念などでは太刀打ちできないものになっている。にもかかわらず我々の持っている倫理や社会観念、さらに感情や思考は、二千年前と少しも変わっていない。これで進化と言えるだろうか」

私が『錨を上げよ』を書いたのは三十年以上も前のことだ。あれから、科学技術はさらに進歩した。三十年前はよちよち歩きだった人工知能は、今や人類の最高知能の持ち主さえ上回るほどの思考力と分析力を持つ。しかしそれを扱う人間の感情と思考は、まったくその進化についていけていない。

我々は影山の言うように、肺呼吸の組織を持たないで陸上に進出してしまった水生動物なのだろうか――。

人間・心

自分が弱いことを認めることが出来るのは、強い証拠よ。

『ボックス！』（講談社文庫）上巻一二六頁より

『ボックス！』に登場するボクシング部の顧問、高津耀子が部員の木樽優紀に語るセリフである。

強くなろうとするモチベーションとは何だろう。もちろん強くなってからやりたい何かがあるからで、それは人それぞれだろう。しかし、共通しているのは「自分は弱い」という認識ではないだろうか。それがなくては、「強くなりたい」とは思わない。

自分が強いと思っている人間、あるいは自分の強さに満足している人間は、それ以上に強くなろうとは思わないはずだ。

これはあらゆることに言える。ピアノを一所懸命に練習する人間は、自分の技術に満足していないだろうし、プロ野球の選手が必死でトレーニングをするのは、まだ自分には足りない何かがあると思っているからだろう。リンゴの品種改良に努力する人は、もっと美味しいリンゴが作れるはずだと思っているに違いない。

かつてソクラテスは「無知の知」と言った。己が何も知らないことを自覚することが、賢者への第一歩だと説いたのだ。

「弱さ」は「欠点」と置き換えてもいいかもしれない。自らの欠点を認めることができる者は、実は本当に強い人間である。しかし、これはとても難しいことだ。

075

人間は生きていく上で
多くのものを失くしていくのだ。
左足の指二本くらい
どうだと言うのだ。
仮に何一つ
失くさずにいったとしても、
死と共にすべてを失うのだ。

『錨を上げよ』（講談社）下巻三六六頁より

『錨を上げよ』の作田又三は、自らの分別の無い行動によって、足の指二本の一部を凍傷で失う。

彼はそれを嘆くが、右のモノローグで自分を納得させる。

事故や病気で体の一部を失うのはたしかに悲劇だ。しかし、そういうアクシデントがなくても、人というものは、成長とともに多くのものを失くしていくものだ。

歯を失い、肌の艶を失い、髪の毛を失い、筋肉やスタミナを失っていく。それだけではない。瑞々しい心を失い、優しさを失い、記憶力も失っていく。

しかし失うばかりではない。生きていく中で人間は多くのものを得る。金、地位、名誉、権力、女——。

人の幸福とは、その収支バランスの上に成り立っているものかもしれない。

中にはほとんど何も失うことなく、多くのものを手に入れる幸せな者もいる。しかしそんな人でさえ、死とともにすべてを失うのだ。

アーメン！

多重人格は医原病だという専門家もいる。

『プリズム』（幻冬舎文庫）九一頁より

『プリズム』は多重人格をテーマにした小説だが、この作品を書くために多重人格について書かれた本を何十冊と読んだ。そして得た結論は、この病気は実に不可解で、今も謎に満ちているということだ。

「医原病」とは、診療が原因で罹患する病気のことだ。多重人格の場合は、セラピストが催眠術などで（意図的でなくても）患者自身に多重人格であるという暗示を植え付けてしまい、実際にそういう症状をきたしてしまうケースを言う。

多重人格の存在を否定する医者は、「もし多重人格が昔からある病気なら、ギリシャ時代やローマ時代にも例があるはずだが、世界を見渡してもそういう記録はない。もちろん日本にもない」と言う。

ただ、西洋では「悪魔憑《つ》き」があったし、日本には「狐憑き」があった。いずれも暗示によるものが大きかったのではないかと言われている。彼らの暗示を解くために（悪魔や狐を追い払うために）生まれたのがエクソシストや祈祷師だ。現代は「悪魔憑き」も「狐憑き」も迷信とわかったので、そういう症例は皆無になった。しかし二十世紀後半になって、医学が「多重人格」を認めたために、そういう暗示にかかる人が一気に増えた――。

しかし一方で、多重人格としか思えない患者もいるのはたしかなようだ。もしかしたら新しく誕生した「現代の病」かもしれない。

077

たいていの人間は多重人格なんじゃないかな?

『プリズム』(幻冬舎文庫)九四頁より

これは『プリズム』のヒロイン聡子の夫のセリフである。彼はその後に、こう続ける。

「人っていろんな性格を持ってるんだと思う。それは相手によって使い分けるだけじゃなくて、同じ相手でも状況によって変化する。それが人間というもので、むしろ機械みたいにぶれないほうが不気味な人間じゃないかな」

またこの物語に登場する精神科医はこう語っている。

「ふだん私たちが見ている光は色なんて見えないんだけど、プリズムを通すと、屈折率の違いから、虹のように様々な色に分かれます。人間の性格も、光のようなものかもしれないと思う時があります」

聡子はそれを聞いてこう考える。

同じ人間がそうやっていくつものペルソナを持って、瞬間的に使い分けている。これってある意味、多重人格よりも難しいことかもしれない。

もしかしたら、私たちには多くの人格を統合する能力が備わっているのかもしれない。

多重人格者は、その能力が壊れた人たちなのだろうか。

HYAKUTA HYAKUGEN

078

分別と常識というものぐらい、人間にとっていらぬことを考えさせるものはない。

『錨を上げよ』（講談社）上巻四一九〜四二〇頁より

『錨を上げよ』の作田又三のモノローグの一節である。

「分別」と「常識」は、「人間の叡智」と考えられている。

人はこの二つを備えていれば、大きな失敗もしないし、間違った選択をすることも少ない。また、道を踏み外したりすることもなければ、他人から非難されることもない。

しかし一方で、大きな成功もしないし、偉大な仕事も成し遂げられない。なぜなら、画期的な業績を上げる人は、「分別」や「常識」を捨てている人か、あるいは最初から持っていない人が多いからだ。

新しいものに挑むとき、実は何よりも邪魔になるのが「分別」と「常識」だ。

この二つは、過去の事例に照らし合わせて、未知なるものへの挑戦は失敗の可能性が高いと常に訴える。それは経験からきたものであったり、古い慣習からきたものであったりする。それで、多くの人は挑戦を断念する。

つまり、多くのものを知り、多くの経験を積んだ賢者ほど、「分別」と「常識」をわきまえていて、革新的なものには懐疑的になる。

079

昔は、舞台は観るものだった。
しかし今は、
皆が舞台に上がりたがって、
観客は一人もいない
という状況だ。

『夢を売る男』(幻冬舎文庫)一七七頁より

『夢を売る男』の牛河原編集長のセリフである。

才能もないのに作家を夢見るカモたちを嗤った言葉だが、これは同時に、文芸業界を取り巻く環境を皮肉ったものでもある。

近年、小説は様々なメディアに押され、年々売れ行きが落ち、もはや危機的状況になっている。

ところが不思議なことに、小説家志望の若者はどんどん増えている。どういうわけか、小説が売れないのに、新人賞への応募原稿は増えていく一方なのだ。ある文芸雑誌では、新人賞の応募作品が、その雑誌の月の実売部数よりも多い場合があるという。

皆、人の作品は読みたいとは思わないが、自分の作品は読んでもらいたいのだ。その現象をたとえたのが、右ページの牛河原の言葉だ。

彼はまたそれを一言で言い表してもいる。


「皆がスターになりたがっている」

心などという奴は
何と厄介なものなのか――
これこそが
すべての苦しみの種だ。

『錨を上げよ』（講談社）下巻三七六頁より

『錨を上げよ』で、作田又三が自らの悩みとともに呟くモノローグの一節だ。

彼は右の言葉の後に、こう続ける。


しかもこれは途方もなく巨大で混沌とした代物なのだ。岩を裂いて噴き出すマグマ、光も届かぬ深海、輝く緑の草原、荒れ狂う嵐、千尋の大峡谷、果てしない大洋——こうしたものがすべてちっぽけな心の中に含まれているのだ。ああ、しかし人は皆こうした巨大な荷物を背負って生きていかなければならない。


おそらく人間以外の多くの動物は、こうした「心」は持っていないだろう。虫や魚は思索をしないだろうし、犬や猫さえも、自らの境遇に思いを馳せることはないだろう。

しかし幸福感をもたらすのも、また「心」にほかならない。

「心」は私たちに幸福と不幸の両方を与える。心がない生き物は幸福も不幸も感じることはないだろう。

それが幸福か不幸かは誰にもわからない。

彼は大事な時に、
形を歪められた
粘土かもしれないと思った。
そして歪んだまま
窯に入れられて
焼かれたのだ。

『プリズム』（幻冬舎文庫）二九〇頁より

『プリズム』のヒロイン聡子のモノローグである。

「鉄は熱いうちに打て」という格言がある。刀鍛冶は焼けた鉄を強靭《きょうじん》な鋼にするために、真っ赤に焼けて柔らかい状態のときに叩いて鍛える。そうしないと、素晴らしい刀はできない。それと同様に人間も、まだ精神が柔軟なうちに、厳しい試練を与えられないと、立派な大人になれない。冷えた鉄をいくら打ってももはや手遅れなのである。

いかに少年時代の鍛えが大切かということだが、逆に見れば、少年時代あるいは幼少期に、いびつな教育を受けると、ちゃんとした大人になれないおそれもある。

私の知人の子供に、中学時代に不登校になったまま、ついに大人になっても社会に出られずに四十歳を超えてしまった人間が何人かいる。心理学者に言わせると、不登校になった子は、最初の半年が勝負だという。それを過ぎて解決しないと、今度は精神の病にかかる可能性があるという。そうなると長期戦を覚悟しないといけないらしい。中には立派に社会復帰した人もいるが、幼少期あるいは少年時代に、精神が歪《ゆが》むと、元に戻らないまま大人になってしまう可能性は決して低くない。

検挙された少年の再犯率は約四割である。人権派弁護士たちは「少年の可塑性《かそせい》」という言葉をよく使うが、実際には更生するのは六割くらいなのである。しかも殺人や強姦といった凶悪犯罪の場合は、再犯率は六割を超えるとも言われる。

082

かつては夜店の
金魚すくいの金魚のように
てんでんばらばらに
泳いでいた一群が、
いつのまにか何か一つの価値観の
命ずるまま同じ方向に
泳ぎだしていたのだ。

『錨を上げよ』（講談社）上巻四六～四七頁より

これも『錨を上げよ』の作田又三のモノローグの一節である。

幼稚園の子供たちは皆好きなものが違う。これは価値観と言い換えてもいい。しかし大きくなるにつれて、周囲の大人たちや教師たちによって、徐々に同じ価値観を持つように育てられていく。すなわち「勉強ができるのはいいことだ」とか、「社会的に高い地位に昇るべきだ」とか、「金持ちになれば幸せになれる」とか、だ。

現在は大学進学率が五十パーセントを超えたという。しかし、世の中に大学の卒業証書を必要とする職業は半分もない。職業差別をするつもりはまったくないが、トラック運転手、料理人、大工、職人、小売店主などの仕事は大卒である必要性はない。市役所や町役場でも高卒を採用している。

大卒であることが必須とされている職業は、商社、銀行、テレビ局、教員、あるいは一部上場企業のホワイトカラーだ。こういう仕事は実は全労働者の一割にも満たない。多くの若者が大学に行きたがるのは、そういう仕事に就くチャンスを失いたくないからだ。かつての私もそうだったから、よくわかる。

しかし一部上場企業に入っても幸せになれる保証は少しもない。高給が約束されているわけではないし、常に出向やリストラの危機もある。にもかかわらず、皆がそれを目指すのは、いつのまにか同じ価値観を植え付けられて、同じ方向に向かって泳いでいるからだ。

083

実生活や労働で
身につける知恵など、
読書と深い考察によって
得る知恵の
何百分の一に過ぎない。

『錨を上げよ』（講談社）下巻五三四頁より

『錨を上げよ』に登場する世捨て人の影山が語る言葉の一つである。

彼は続けてこう語る。

「たとえば純粋に経験だけで人間というものをじっくり知ろうと思えば、様々なパターンの千人の人間を知らねばならないだろう。まず五十年はかかる大仕事だ。ところが心理学の本は、百冊でそれを可能にする。鋭い知性の持ち主ならドストエフスキーの全集だけでも十分可能だろうぜ。外国に十年住んでみたところで、わかるのは生活の匂いと、自分の周囲のわずかな空気だけだ。ところがその国について書かれた本を百冊も読めば、その国に行かずして、十年住んだ以上にその国を知れるんだ」

それを聞いたある男は「心が磨かれたり、鍛えられたりする部分が、経験にはあるんだ」と反発するが、影山はそれを嗤う。

「実際の経験をもってしか内面が磨かれたり鍛えられたりできない貧弱な精神こそ、俺に言わせれば嘆かわしい限りだな。真に優れた人間は、偉大な先人の教えと自らの考察によって、精神を高めることができるはずだ」

影山の言葉が正しいか否かは、皆さん自身に判断してほしい。

いい気になるな。調子に乗るな。
そうやってピョンピョン
跳び廻っているうちに
落とし穴に嵌るんだ。
青春を永遠のように錯覚するな。
長い人生のほとんどの部分は
それを失って過ごす時間なのだ。

『錨を上げよ』（講談社）下巻三九四頁より

『錨を上げよ』の作田又三が不良の真似事をして遊び歩いている十歳近く年の離れた弟に対して抱いたモノローグの一節である。
彼は自らの人生の反省を込めて弟にアドバイスしてやろうと考えるが、結局、何も言わないまま終わる。その理由は右の言葉の後に述べられる、次のモノローグである。

――ああ、しかしそんな言葉が彼の耳に届くはずがあるだろうか。ぼく自身が百万回も聞かされて一度もわからなかった言葉なのだ。いや、未だに何一つわかってはいない。その証拠に今もまたこうして落とし穴に落ちこんでいるではないか。

私がこの小説を書いたのは二十代の終わりだったが、今こうしてこの文章を読み返すと、当時の自分自身が「青春が終わった」という自覚を持っていたのがわかる。
私も若いときは馬鹿だった。もしかしたら、右ページの言葉は、そんな自分自身に向けて書いた文章なのかもしれない。ただ、悲しいことに、私は六十歳を超えた今も馬鹿のままである。

皮肉

HYAKUTA HYAKUGEN

085

人は簡単に手に入れたものは大事にしない。

『モンスター』(幻冬舎文庫)四一五頁より

『モンスター』のヒロイン、未帆のモノローグである。

人間というものはおかしな生き物で、苦労して手にしたものは価値があると思い込む。同じ体験でも、金を払ってする場合と、無料でする場合とでは、心に残る深さが全然違うということは、心理学の実験でも証明されている。人は無意識に、支払った分の対価を求めようとしているのかもしれない。

これは努力して勝ち取ったものも同様である。勉強、スポーツ、会社での地位——苦労の末に手に入れたものは、やすやすとは手放さない。

その反対に、特に苦労もせずに手にしたものには、愛着も執着もない。

世の中には、才能があるのにそれを生かそうとはしなかったり、あるいはあっさりとそれを捨てて他の道に行ってしまう人がたまにいる。そういう人は、それほど苦労をせずに多くのものを手にしてきたケースが多い。本人は他人が思うほど、それに価値を見出していないのだ。皮肉なものだと思う。

ただ、女性に関してだけは、必ずしもこの考えはあてはまらない。世の中には女を手に入れるまでは凄い努力をしながら、ものにするとあっさりと捨ててしまう男性がたまにいる。これは手に入れるのが目的で、それを達成してしまった後は、興味も目標も失ってしまうからだ。こういう男に惚れられた女性は、不運である。

命懸けなどという言葉は
今も普通に使われているが、
たいていは言葉だけだ。
一所懸命ということを
派手に言ってるにすぎん。
笑わせるんじゃねえ。
本当に命懸けということが
どんなことか教えてやりたいぜ。

『永遠の0』（講談社文庫）四五五頁より

『永遠の0』に登場する元零戦搭乗員の景浦が、現代の若者である健太郎に向かって言うセリフだ。

私たちは日常、わりと簡単に「命懸け」という言葉を使う。

しかし本当に命を懸けていることはまずない。おかしいのは、この言葉はたいてい他人に話すときに使われるということだ。つまり自分の一所懸命さを他人に向かって言うときだ。自分の一所懸命さをアピールしたいときに口にする場合がほとんどなのだ。

あるいは上司が部下に向かって、先生が生徒に向かって、親が子に向かって、叱咤したり命令したりするときにも使われる。「命懸けでやれ！」と。

しかし実際に、営業や事務の仕事に、どうやって命を懸ければいいのだ。スポーツや勉強で結果を残せなかったら、死ぬのか。ありえない。

「命懸け」という言葉は、はっきり言ってしまえば、単に言葉のインフレである。

インフレを起こした言葉は逆に重みもなくなる。つまりその言葉を発したときには、すでに本気度は減っているのだ。

人は本当に真剣になれば、余計な言葉など思いつかない。

冒険のための冒険は
単なる自己満足だ。

『錨を上げよ』（講談社）上巻四九七〜四九八頁より

『錨を上げよ』に登場する皮肉屋の大学生、柿本のセリフである。探険部に所属し、「冒険に夢とロマンを持っている」と語る学生相手に、得意の皮肉を言う。

柿本に言わせると、冒険は目的がなければ意味がないらしい。かつてのコロンブスやバスコ・ダ・ガマの大航海には新しい航路を開くという目的があった。アムンゼン、スコット、リビングストンといった者たちも、ヨーロッパ人にとっての、前人未到の地を発見するという目的があった。柿本はさらに続ける。

「現代の冒険家には不幸なことに、もう地球上にそんな土地はどこにも残されてない。したがって、それでも何かやるとすれば、先人たちができなかった条件をつけてやるしかないんや。つまり酸素ボンベを使わずにやるとか、敢えて厳冬期にやるとか、誰も取ったことのないコースを選ぶとかや。今や冒険は新しい条件をつけることなしには成り立たへん。そういう自己顕示欲と自己満足の冒険にロマンなんかちゃんちゃらおかしいわ」

現代は人生においても、同じような考え方をする若者たちがいる。つまり確固とした目的やゴールのビジョンがないのに、「冒険的な人生を送りたい」というロマンを持つ人たちだ。それは空虚なロマンである。

美しくない女は
ヒロインになれないと、
多くの物語は
教えてくれる。

『モンスター』（幻冬舎文庫）五二頁より

『モンスター』の田淵和子（後の鈴原未帆）のモノローグの一節である。

和子の言うように、古今の恋愛劇や恋愛小説、あるいは恋愛映画や恋愛ドラマのヒロインは、九十九パーセントが美人である。

ギリシャ悲劇、中世ヨーロッパの騎士小説、『源氏物語』に出てくる女たちは一人の例外もなく美人である。シェークスピアの『ロミオとジュリエット』のジュリエットしかり、ユゴーの『レ・ミゼラブル』に出てくるコゼットしかり、『伊豆の踊子』の薫しかり。

川端康成は後に、実際に会った踊子の器量は良くなかったと書いている。小説にするにあたり、わざわざ美人に変えているのだ。これは不器量だと小説にならないと告白しているようなものだ。

またテレビドラマや映画に出てくるヒロインも、すべて美人である。ドラマの中の設定では「美人」ということではなくても、演じているのは美人女優ばかりである。平凡なOLでも、売店の売り子でも、女学生でも、日常ではお目にかかれないほどの美人が配役されている。だから、男たちが彼女たちに恋してもストーリー的には何の不自然もなく見ていられる。アニメのヒロインも、すべて美人で可愛い女性たちである。

つまり古今のドラマは「ヒロインになれるのは美人だけだ！」と言っているのだ。

美しく
生まれて来た女性が
一体どんな努力を
したというのですか。

『モンスター』（幻冬舎文庫）二五三頁より

『モンスター』に出てくる整形外科医のセリフである。

彼は生まれながらの美人に対して、辛辣な言葉を吐く。

「彼女たちはただ美しく生まれただけです。金持ちの家に生まれた子供のように、また貴族の家に生まれた子供のように、オギャアと生まれた時にそれを与えられていただけです。勉学やスポーツのように、たゆまぬ努力によって手に入れたものではありません。彼女たちは何の苦労も努力もなく、生まれながらに持っているものだけで、ただただ幸運な人生を送っています」

そして彼は醜く生まれながら、整形手術を繰り返し、ついに美貌を手に入れた和子（未帆）を讃える。

「あなたは違う。自分の力で美しさを勝ち取った。同じ皮一枚でもあなたの方がずっと素晴らしい」

しかし世の中の人々はなぜか、整形手術で美しくなった女性を、「ズルをした」、あるいは「インチキをした」と見做す。はたして、その見方は正しいのだろうか――。

才はそれを必要とする者や
欲する者に
与えられるとは限らない。
むしろ、
そんなものなど望まない者に
与えられることがしばしばだ。

『影法師』（講談社文庫）一五七頁より

皮肉

『影法師』の舞台となっている茅島《かやしま》藩にある私塾の師範の言葉である。

もし「人の才能」を司る神様がいたとすれば、その神は大いに皮肉な心の持ち主ではないかと思う。なぜなら、その才能を切望する人には滅多に与えないからだ。

その反対に、なぜか「才能」を無駄遣いしてしまう人間や、簡単に捨ててしまうような人間には、惜しげもなく与えてしまうケースの方が多いように思う。

あらゆる分野に共通することだが、凄まじい努力をしてなお報われない人間ほど、「才能」を渇望する。そして彼らほど、「才能」の素晴らしさと凄さを理解している人間はいない。

「才能」というものが持つ素晴らしさを一番理解していない人間は、生まれながらにして天からそれを与えられた者かもしれない。

しかしそんな人がもし、自らの「才能」の素晴らしさに気付き、その幸運に感謝して、それを伸ばすことが自らの使命だと思い至ったときは、必ずや天才的な仕事がなされるだろう。

やればできるって、
便利な言葉ですね。

『夢を売る男』（幻冬舎文庫）九七頁より

『夢を売る男』に登場する牛河原編集長の部下、荒木のセリフである。

上司の牛河原は、何の根拠もないのに「自分はやればできる男だ」と思い込んでいる若者をおだてあげて契約に持ち込んでしまう。その様子を見た荒木が、感心して言った言葉である。

それを聞いて牛河原はこう答える。

「まったくだ。近頃のガキは子供の頃から、親や教師から『君はやればできる子なんだから』などと言われ続けているもんだから、大人になってもそう思い込んでいる。でもな――本当にその言葉を使っていいのは、一度でも何かをやりとげた人間だけだ。何一つやったことのない奴が軽々《けいけい》に口にするセリフじゃない」

自分の作品だが、こうして抜き書きしているだけで、耳が痛い。これはまるで若いときの自分自身に向けて言っているような言葉だからだ。いや、もしかしたら、今の自分にもあてはまるかもしれない――。

092

自分たちは機械じゃない。
生身の人間だ。
八時間も飛べる
飛行機を作った人は、
この飛行機に人間が乗ることを
想定していたんだろうか。

『永遠の0』（講談社文庫）二四三頁より

『永遠の０』の宮部久蔵が、零戦の翼を触りながら、部下に向かって呟くセリフである。天才技師、堀越二郎が作った零式艦上戦闘機は、速度が速く、旋回性能に優れ、重武装を備えた画期的な戦闘機であった。

中でも、当時の戦闘機を断然圧していたのは、航続距離である。単座（一人乗り）戦闘機がせいぜい数百キロしか飛べなかった時代に、二千キロも飛行することができた。零戦の最も凄いところは、この航続距離にあると言う専門家も少なくない。

この長大な航続距離を誇る戦闘機は海軍の要求に従って作ったものだ。海軍は零戦の力で、広大な中国大陸と太平洋を制圧しようと考えたからだ。しかし、二千キロを飛ぶということが、どれだけ搭乗員たちを過酷な状況に追い込むかということに、海軍上層部は気付かなかった。

日本はガダルカナルの戦いで優れた歴戦の搭乗員の多くを失ったが、その原因は搭乗員の体力の限界を超えた距離を飛ばせたことにあった。つまり類まれな性能が、逆に搭乗員を苦しめたのだ。

現代にも優秀な機械やシステムというものはいくらでもある。

しかしそれを操るのは人間である。人間工学を無視した機械やシステムは、決して優秀とは言えない。

人は魅力的な容姿の
持ち主を見ると、
知能が高く、
望ましい性格で、
立派な人と
無意識に思いこむ。

『モンスター』(幻冬舎文庫)三一五頁より

『モンスター』で鈴原未帆（田淵和子の後の名前）が自分の美しさの威力を自覚して心の中で呟くモノローグの一節だ。

実際、多くの男は美女を前にすると、無意識に「知的で優しい」と感じ、容姿の美しさ以外にも魅力があると思い込む。これは心理学で「光背効果」（ハロー・イフェクト）と呼ばれているものだ。「光背効果」とは、何か一つでも素晴らしい要素があれば、他の部分も優れていると錯覚することだ。つまり人間は外見がいい人を無意識に信頼してしまう傾向がある。ちなみに「光背」とは宗教画に描かれる聖人や仏像の後ろにある光輪のことだ。

たとえば、ある分野の専門家は専門外のことについても詳しいと錯覚してしまう。運動しかしてこなかった著名なプロスポーツ選手をテレビ局のスタジオに呼んで、政治的あるいは文化的なコメントを求めるのもその一つだ。人々は、一流アスリートの彼なら素晴らしい意見を言えるはずだと無意識に思ってしまうのだ。

好感度の高いタレントがテレビのＣＭに起用されるのも光背効果を狙ってのことである。魅力的なタレントが商品と一緒に映るだけで、消費者にはその商品もよく見えるからだ。だからタレントが不祥事を起こすと、商品も悪く見えるために、即座にＣＭから降ろされる。

こうして見ると、人間とはなんと目が曇りやすい生き物なのかと思う。

卒業成績が
一生を決めるって
ことだね。

『永遠の0』（講談社文庫）三六八頁より

『永遠の０』に登場する佐伯慶子と健太郎の姉弟の会話の一部である。

慶子と健太郎は特攻で死んだ祖父、宮部久蔵の足跡を追いかけるうちに、大東亜戦争に関心を持ち、いろいろと調べ始める。二人は、帝国海軍も帝国陸軍も司令官クラスはすべて海軍兵学校と陸軍士官学校の卒業時の成績上位者しかなれないことを知って愕然とする。

右の言葉は、健太郎が呆れて口にしたセリフである。それを受けて慶子がこう言う。


「そう。つまり試験の優等生がそのまま出世していくのよ。今の官僚と同じね。あとは大きなミスさえしなければ出世していく。極論かもしれないけど、ペーパーテストによる優等生って、マニュアルにはものすごく強い反面、マニュアルにない状況には脆《もろ》い部分があると思うのよ」


帝国陸海軍では、兵学校や士官学校を出ていない兵隊は、実際の戦闘でどれほど目覚ましい結果を出しても昇進はできなかった。下士官上がりの搭乗員はいかに優秀でも、絶対に指揮官にはなれなかった。

国の存亡を懸けた戦いにおいても、硬直した官僚主義が罷り通っていたのだ。しかし悲しいことに、現代の官僚機構もまた似たようなものである。

095

実際は綺麗な女の子ほど
心が綺麗なんだ。
逆に、ブスほど心も汚い。
外見と性格は一致するんだ。

『モンスター』（幻冬舎文庫）四九頁より

『モンスター』に登場する、中学校の国語教師の言葉だ。彼は授業中に、自分の美人観を生徒相手に得々と語る。彼はこうも言う。

「おとぎ話や童話には、よく綺麗な女の子は心が冷たいという話があるが、あれは間違いなんだ。（中略）少女漫画にも、ブスだけれど心が美しいという女の子が出てくる物語が多い。でもね、あれも嘘だ」

「犬でも、小さい時から可愛い可愛いと大事に育てられたら、性格のいい犬になる。しかし、殴られたりいじめられたりした犬はめちゃくちゃ性格が悪くなる、それと同じだよ。可愛い女の子は小さい時からみんなに可愛がられるから、のびのびと健《すこ》やかに、素直ない い娘に育つが、ブスは小さい時から可愛がられないから、心が歪むんだ」

まさに身も蓋《ふた》もない言葉である。

「美人の方が性格がいいかどうか」については、私には軽々しくは言えないが、同じことを言う人は少なくない。ほかならぬ女性たちがそう主張する。

もし容姿に対する周囲の反応が、女性の性格に変化をもたらすとしたら、実に悲しいことである。

HYAKUTA HYAKUGEN

096

日本人は世界で一番
自己表現したい
民族なんだ。

『夢を売る男』（幻冬舎文庫）三七頁より

『夢を売る男』の牛河原編集長が部下の荒木に説いた言葉の一つである。

牛河原は、本を出したいという人たちを次から次へとカモにしていくが、それを目の当たりにしている荒木は、ふと、「なんで世間には本を出したいという人間がこんなにいるんでしょう」と訊ねる。それに対して答えたのが、右のセリフである。

牛河原はさらにこう続ける。

「世界中のインターネットのブログで、一番多く使われている言語は日本語なんだぜ。(中略)二〇〇六年に、英語を抜いて、世界一になったんだ。当時のシェアは三十七パーセントだ。今ならもっと増えてるだろう」

牛河原の語るデータは少し古いが、二〇一五年における「Twitter」で使われる言語の中で日本語での投稿の数は二位である。世界の人口七十三億人のうちわずか一億ちょっとの日本人が、全世界で使われている「Twitter」で約二十四パーセントのシェアを占めているのだ(一位は英語で約三十三パーセント)。四億人以上が使うスペイン語(三位)の倍以上だ。これは驚くべき数字である。

私たち日本人は牛河原の言うように、世界で一番自分を語りたい民族だったのだ!

完璧なものは美しいです。でも魅力とは別なのです。

『モンスター』（幻冬舎文庫）三一七頁より

『モンスター』の中で、ある年老いた美術評論家が未帆（和子の後の名前）に向かって、「あなたの顔は完璧すぎる」と指摘した後の言葉である。彼はそれを様々なものにたとえて説明する。

「焼き物の名人がろくろを回して作った皿には、人は魅力を感じます。でも機械で作った完璧な瀬戸物の皿からは、人は魅力を感じません」

「モナリザの微笑みの魅力は、嬉しい感情か悲しい感情か読みとれないことにあります。私は、これは一種のゆらぎだと思っています」

「全音階の長調はたしかに明るく開放的で人を楽しい気分にしますが、深みに欠けるきらいがあります。一方、短調は悲哀を含んで深みを感じさせますが、癒される部分が少ないです。長調と短調が微妙に交錯する半音階のメロディーには、人は不思議な魅力を感じます。飽きがこないとも言えます。これも、ゆらぎです」

未帆はその言葉を聞いて、完璧に左右対称だった顔のバランスをわずかに変え、「ゆらぎ」の美を手に入れる。

ほとんどの人が、
自分の中にすごい鉱脈が
眠っているのに気付かんと
一生を終えるんやと
思います。

『ボックス！』（講談社文庫）下巻二四三頁より

『ボックス！』に登場する沢木監督のセリフである。

沢木は、スポーツに縁のない優等生の木樽の中に眠っていたボクシングの才能を見つけて、顧問の高津耀子に右のように語る。この後の二人の会話はこう続く。


「鉱脈と言っても人それぞれですから。露天掘りみたいに簡単に掘り当てられるケースもあれば、かなり深く掘り進めんと当たらへんものもある。掘り当てる前に力尽きて諦める場合もあるかもしれません。根気よく掘り続けて鉱脈を探し当てるというのは、もう——」

「運、としか言いようがないですね」


もしイチローの父が子供時代の彼に野球をやらせていなければ、今頃は平凡なサラリーマンになっていたかもしれない。マイケル・ジョーダンがボクシングをしていたら、チャンピオンにはなっていなかったかもしれない。不世出のピアニスト、ホロヴィッツの家にピアノがなければ、私たちは永久に彼の名演を聴くことはできなかっただろう。逆に言えば、素晴らしい才能を持ちながら、ついにそれを発揮することなく生涯を終える人もいるに違いない。いや、むしろそういう人が圧倒的に多いのだろう。

今この文章を読んでいるあなたも、そんな一人かもしれない——。

099

「カエルを信じろ」
「カエルと争うな」
「争うための力を持つな」

『カエルの楽園』（新潮社）二七頁より

『カエルの楽園』は私の唯一の寓話である。

残忍なダルマガエルに襲われたアマガエルは、生まれ故郷を捨て、安住の地を求めて放浪の旅に出る。苦しい旅の末に辿り着いたのは、平和で争いのないカエルの楽園「ナパージュ」だった。そこには「三戒」と呼ばれる奇妙な戒律があった。それが右の三つの言葉である。

ナパージュのツチガエルたちは、この三つの戒めを守っていれば、平和は永久に続くと信じている。

「カエルを信じろ」というこの奇妙なフレーズに似た言葉が、実は私たちのすぐ身近に存在する。それは「日本国憲法」の前文だ。そこには次のような文章がある。

平和を愛する諸国民の公正と信義に信頼して、われらの安全と生存を保持しようと決意した。

私たち日本人は、自分たちの安全と生存は、諸国民の公正と信義に信頼して保持するのだという。「安全と生存は自分たちで守る」とはどこにも書かれていない。あくまで他の国を信頼して委ねると書かれている。他の二つの戒めについては、ここでは敢えて語らない。

はたして私たちは、ナパージュのツチガエルたちを嗤えるのだろうか。

HYAKUTA HYAKUGEN

100

人生は生きるに値するものだ。

『錨を上げよ』（講談社）下巻六一六頁より

『錨を上げよ』の主人公、作田又三は様々な遍歴の末に、何一つ得ることはできず、愛する人さえも失う。

底知れぬ絶望と虚無にとらわれて、夕暮れの町を歩きながら、又三はそれでも思う。

「人生は生きるに値するものだ」と。

百田尚樹の小説・全14作品紹介

永遠の0《ゼロ》／講談社文庫
２００６年8月23日刊行

著者のデビュー作。終戦から60年目の夏、健太郎は零戦で戦死した祖父・宮部久蔵の生涯を調べていた。天才だが臆病者。想像と違う人物像に戸惑いつつも、一つの謎が浮かんでくる。「家族のために、必ず生きて日本に帰る」と言い続けた祖父が、なぜ自ら特攻で命を落としたのか。累計４３７万部を突破し、２０１３年に映画化され大ヒットした、著者の代表作。

輝く夜（旧題：聖夜の贈り物）／講談社文庫
２００７年11月22日刊行

幸せな空気溢れるクリスマス・イブ。恵子は7年間働いた会社をリストラされ、さらに倒産の危機に瀕した弟になけなしの貯金まで渡してしまう。それでも困っている人を放っておけない恵子は一人の男性を助けようとするが――（第一話「魔法の万年筆」）。クリスマス・イブに起こる5つの奇跡を描いた、ほろっと泣ける短編集。

ボックス！／講談社文庫
２００８年6月19日刊行

勉強は得意だが運動は苦手な木樽優紀は、天才的なボクシングセンスを持つ幼馴染の鏑矢義平に憧れ、ボクシング部に入部する。木樽は「いつかカブちゃんと戦いたい」という一心で練習を重ねる。一方、高校八冠を目指す鏑矢の前には、高校ボクシング界最強の男・稲村が立ちはだかる。友情と勝負と恋が詰まった、スポーツ青春小説の金字塔。２０１０年に映画化。

風の中のマリア／講談社文庫
２００９年3月3日刊行

オオスズメバチを擬人化し、蜂のリアルな生態を詳細かつ、ドラマチックに描いた作品。主人公は隆盛を極めたオオスズメバチの帝国に生まれた働き蜂、マリア。彼女は幼い妹たちと「偉大なる母」のため、恋もせず、子も産まず、命を燃やして戦い続ける。しかしある日、永遠に続くと思われた帝国に影が差し始める。

モンスター／幻冬舎文庫
２０１０年3月24日刊行

田舎町で瀟洒なレストランを経営する絶世の美女・未帆。彼女の顔はかつて畸形的なまでに醜かった。思い悩んだ末にある事件を起こし、町を追われた未帆は、整形手術に目覚め、莫大な金額をかけて完璧な美人に変身を遂げる。そのとき亡霊のように甦ってきたのは、一人の男への狂おしいまでの情念だった。２０１３年に映画化。

影法師／講談社文庫
２０１０年5月20日刊行

頭脳明晰で剣の達人。将来を嘱望された男がなぜ不遇の死を遂げたのか。下級武士から筆頭家老にまで上り詰めた勘一は、竹馬の友、彦四郎の行方を追っていた。二人の運命を変えた20年前の事件。確かな腕を持つ彼が「卑怯傷」を負った理由とは。その真相が男の生き様を映し出す。男同士の友情に感涙必至の、著者初の時代小説。

錨を上げよ／講談社
２０１０年11月29日刊行

昭和30年、未だ空襲の跡が残る大阪の下町に生まれた作田又三。高度経済成長、六十年安保闘争、東京五輪、大阪万博――。激動の昭和の時代を、ルール無用の生まれながらの異端児・作田又三が駆け抜ける。16世紀の悪漢小説を現代の日本を舞台に甦らせた、途方もない活力に満ちた物語。

幸福な生活／祥伝社文庫　２０１１年5月25日刊行

帰宅すると不倫相手が妻と談笑していた。こんな夜遅くになぜ彼女が俺の家に？　動揺する俺をよそに彼女の行動はエスカレートする。俺は切り抜ける手立てを必死に考えるが――（「夜の訪問者」）。愛する人の「秘密」をテーマに描いた、最後の一行まで目が離せない19のショートショート集。

プリズム／幻冬舎文庫　２０１１年10月5日刊行

ある資産家の家庭教師、聡子の前に、謎の青年が現れる。時に荒々しく怒鳴りつけ、時に馴れ馴れしくキスを迫り、時に紳士的な態度を見せる青年に困惑しながらも、聡子は少しずつ惹かれていく。しかしあるとき青年は衝撃の告白をする。「僕は、実際には存在しない男なんです」。多重人格をテーマにした、かつてない長編恋愛サスペンス。

海賊とよばれた男／講談社文庫　２０１２年7月11日刊行

出勤簿もなく、定年もない、異端の石油会社「国岡商店」の店主・国岡鐵造。戦後、一代かけて築き上げた資産のほとんどを失い、借金を負った彼は、愛する家族、社員、そしてこの国の未来のために戦い続けた。出光興産創業者の出光佐三をモデルとした歴史経済小説で、第10回本屋大賞受賞作。２０１６年に映画化。

夢を売る男／幻冬舎文庫　２０１３年2月15日刊行

輝かしい自分史を残したい団塊世代の男。スティーブ・ジョブズに憧れるフリーター。自慢の教育論を発表したい主婦。本の出版を夢見る彼らに丸栄社の敏腕編集長・牛河原は「いつもの提案」を持ちかける。「現代では、夢を見るには金がいるんだ」。牛河原がそううそぶくビジネスの中身とは。現代人のいびつな欲望を抉り出す、笑いと涙の傑作長編。

フォルトゥナの瞳／新潮文庫　２０１４年9月26日刊行

幼い頃に家族を火事で失い、天涯孤独の身となった木山慎一郎は、自動車コーティング工として黙々と働くだけの日々を送っていた。だが突然「他人の死の予兆」を視る力を手に入れ、生活は一変する。慎一郎の人を救いたいという気持ちが、無情にも彼を窮地へと追いやり――。感涙必至の、愛と運命の物語。

カエルの楽園／新潮社　２０１６年2月26日刊行

安住の地を求めて旅に出たアマガエルのソクラテスとロベルト。辿り着いた平和で豊かな国「ナパージュ」では、心優しいツチガエルたちが、奇妙な戒律を守り穏やかに暮らしていた。ある事件が起こるまでは――。平和とは何か。愚かなのは誰か。大衆社会の本質を衝いた、寓話的、警世の書。

幻庵／文藝春秋　２０１６年12月31日刊行

幕末前夜、史上最強の名人を目指した囲碁界の風雲児・井上幻庵因碩。彼の前に立ちはだかる、本因坊丈和を筆頭とする数多くの天才たち。彼らは碁界最高権威「名人碁所」の座をめぐって、盤上で、時には盤外で権謀術数を駆使しながら、命懸けの激しい勝負を繰り広げる。文化文政から幕末にかけて、綺羅星のごとく煌めいた実在の碁打ちたちの生涯を描いた物語。

注：刊行日は単行本初出時のもの

百田尚樹（ひゃくた・なおき）

一九五六年、大阪市生まれ。放送作家として「探偵！ナイトスクープ」等の番組構成を手掛ける。二〇〇六年に『永遠の0』で作家デビュー。二〇一三年には『海賊とよばれた男』で第一〇回本屋大賞を受賞。他の著書に『モンスター』『プリズム』『夢を売る男』『カエルの楽園』『幻庵』などがある。

百田百言

百田尚樹の「人生に効く」100の言葉

二〇一七年三月一〇日　第一刷発行

著者　百田尚樹

発行者　見城　徹

発行所　株式会社　幻冬舎

〒一五一－〇〇五一　東京都渋谷区千駄ヶ谷四－九－七

電話　〇三（五四一一）六二一一（編集）

〇三（五四一一）六二二二（営業）

振替　〇〇一二〇－八－七六七六四三

GENTOSHA

印刷・製本所　中央精版印刷株式会社

ISBN978-4-344-03078-7 C0095

幻冬舎ホームページアドレス　http://www.gentosha.co.jp/

この本に関するご意見・ご感想をメールでお寄せいただく場合は、comment@gentosha.co.jp まで。